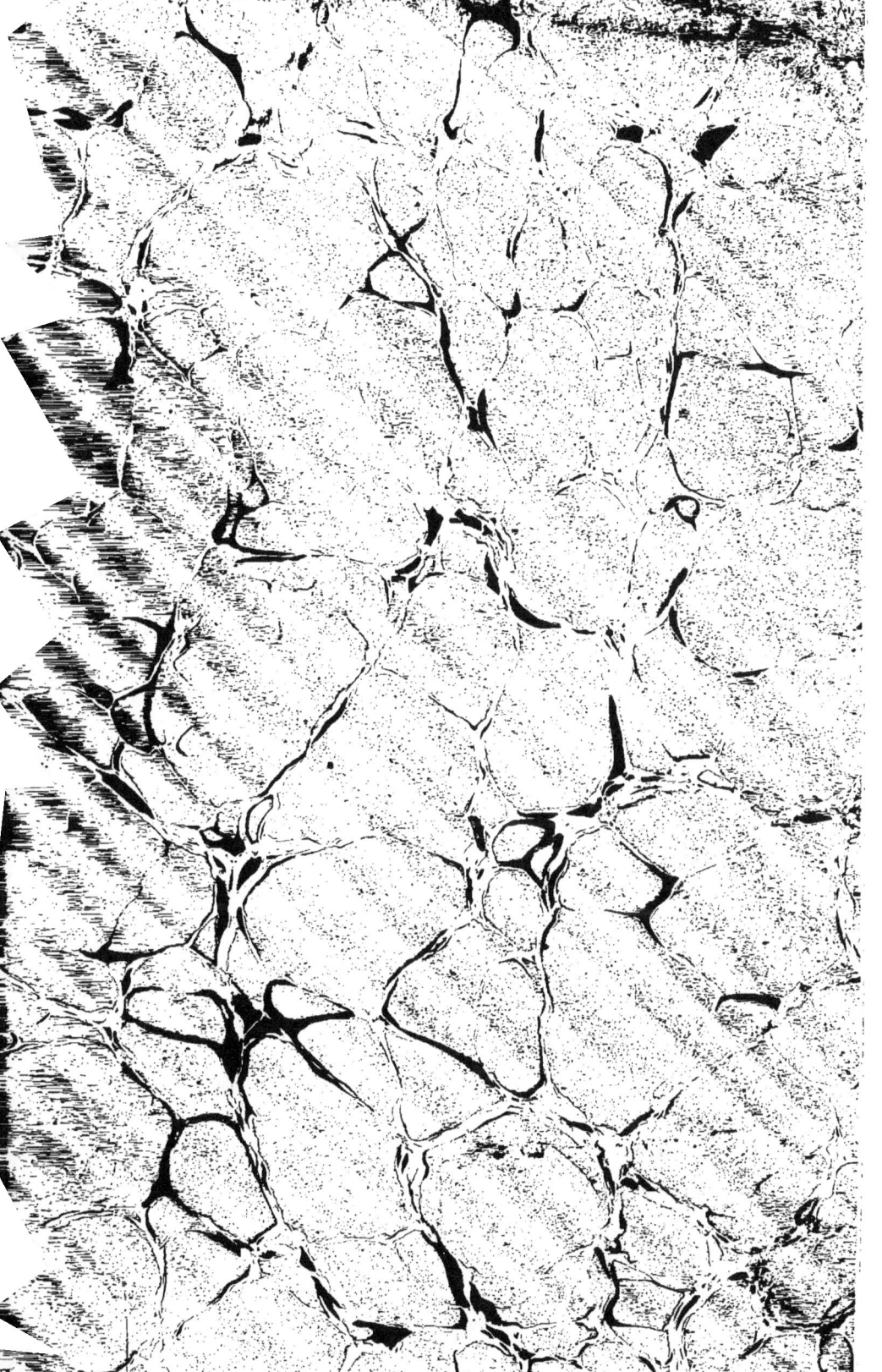

LES NOMS DES RUES

DE PARIS

SOUS LA RÉVOLUTION

PAR

PAUL LACOMBE, Parisien

NANTES

IMPRIMERIE VINCENT FOREST ET ÉMILE GRIMAUD

PLACE DU COMMERCE, 4

—

1886

LES NOMS DES RUES DE PARIS

SOUS LA RÉVOLUTION

EXTRAIT DE LA *REVUE DE LA RÉVOLUTION*

TIRÉ A 100 EXEMPLAIRES

OFFERTS PAR L'AUTEUR

A SES AMIS

LES NOMS DES RUES

DE PARIS

SOUS LA RÉVOLUTION

PAR

PAUL LACOMBE, Parisien

NANTES

IMPRIMERIE VINCENT FOREST ET ÉMILE GRIMAUD

PLACE DU COMMERCE, 4

—

1886

LES NOMS DES RUES DE PARIS

SOUS LA RÉVOLUTION

L'historique de la dénomination des rues de Paris, celui des changements de noms qui sont successivement survenus soit par corruption du langage, soit par nécessité administrative, soit à la suite et comme conséquence des événements politiques, ne forment pas le chapitre le moins intéressant ni le moins utile des annales de la capitale.

Les rues dont le nom s'est modifié par corruption sont assez nombreuses : je ne citerai que quelques exemples : la rue *aux Ours*, dénommée rue *aux Oues* (*Oies*) jusqu'à la fin du XVe siècle ; la rue des *Jeux-Neufs*, devenue rue des *Jeûneurs*, quand les jeux de paume en eurent disparu ; la rue de la *Jussienne*, dans laquelle on a peine à reconnaître le nom de la chapelle de *Sainte-Marie-l'Égyptienne* qui y était située ; etc., etc..

Aussi bien n'est-ce pas de ces changements que je veux m'occuper. Quelques-uns les mettront sur le compte de l'*ignorance obligatoire* dans laquelle l'Ancien Régime entretenait le pauvre peuple ; d'autres se demanderont si certains personnages, qui se sont permis de faire un affreux calembour en modifiant, après mûre délibération, le nom de la rue d'Enfer de la façon que l'on sait, ont fait preuve de plus de critique et de science historiques que de braves gens dont l'oreille a été petit à petit trompée par une consonnance naturelle.

D'excellentes publications nous ont conservé une nomenclature à peu près complète et presque officielle des rues de Paris du Moyen Age. Si l'on consulte ces anciens documents en même temps que les ouvrages qui leur ont succédé jusqu'au XVIIe siècle, on voit que les anciennes dénominations ont dû leur origine à des causes très diverses [1].

---

1. Ces publications sont nombreuses : il me suffira d'en citer deux qui sont les plus importantes : d'abord « Paris sous Philippe-le-Bel... contenant le rôle de la taille...

Telle rue a reçu tel nom parce qu'elle conduisait à *Saint-Denis*, à *Montmartre*, à *Vaugirard*, ou bien parce qu'elle suivait les *Fossés*, le *Rempart*, la *Contrescarpe*, etc.

Certaines voies ont été ouvertes sur des fiefs ou des lieux dits : le *Bourg-l'Abbé*, la *Grange-Batelière*, la *Ville-l'Evêque ;* sur des terrains appartenant à *Charlot*, à *Geoffroy* et à *Marie ;* ou bien encore elles ont reçu le nom de celui qui en avait entrepris le percement : *Poulletier, Villedo, Marie*, etc.

C'est de l'état des lieux — état naturel ou état artificiel — qu'ont été tirés les noms de rue *Pavée*, rue *Percée*, rue de la *Cerisaie*, rue des *Petits-Champs*, et tant d'autres noms pittoresques dont quelques-uns subsistent encore aujourd'hui.

Les édifices religieux (églises, couvents ou collèges) ont fourni des noms trop nombreux et trop connus pour qu'il soit besoin d'en citer un seul exemple.

Nombreux aussi sont les cas où la dénomination est venue de quelque édifice ou établissement ayant un caractère public : croix, puits, fours, échelles patibulaires ou greniers.

Les hôtels des grands seigneurs, souvent aussi les logis de bourgeois notables ont donné leur nom à la rue dans laquelle ils se trouvaient ; on en pourrait énumérer beaucoup, depuis le roi de Sicile jusqu'à Aubry-le-Boucher, depuis Pierre Sarrazin juqu'au duc de Bourgogne !

Très souvent une rue tirait son origine du commerce ou de l'état des personnes qui l'habitaient : telles sont les rues de la *Draperie*, des *Lombards*, des *Juifs*, des *Anglais*, des *Chantres*, des *Prêtres*, de la *Truanderie* ou des *Mauvais-Garçons*.

Après la dénomination tirée des églises ou des établissements religieux, la plus fréquente est peut-être celle qui avait son origine dans les enseignes. On sait, en effet, le grand rôle que celles-ci remplissaient autrefois pour faciliter la recherche et la reconnaissance des maisons, alors que le numérotage n'était pas usité. Ici encore les exemples sont tellement nombreux et si connus que j'ai à peine besoin d'en citer un spécimen dans les noms de l'*Arbre-Sec* ou du *Cherche-Midi*.

en 1292, » par H. Géraud (*Paris, imp. Roy.,* 1837, *in-4°*) ; puis « Le Dit des rues de Paris (1300), par Guillot, de Paris, avec préface, notes et glossaire », par E. Mareuse (*Paris, librairie générale,* 1875, *in-16*). Ce dernier opuscule avait déjà été imprimé, notamment par l'abbé Lebeuf; mais mon érudit confrère a su, grâce à ses connaissances spéciales, enrichir sa publication de notes intéressantes et instructives.

Tel était autrefois le système de dénomination qui était en usage pour les rues de la capitale ; il était excellent et avait le très grand avantage de conserver à la mémoire des habitants d'anciens souvenirs, même après la disparition des faits qui leur avaient donné naissance. Ce fut seulement au commencement du XVIIe siècle, sous le règne de Henri IV, que Sully, en sa qualité de Grand-Voyer de France, eut l'idée, de concert avec les prévôts des marchands et les échevins, d'adopter des noms qui n'eussent pas de rapport direct avec le lieu auquel ils étaient imposés.

C'est alors que nous voyons apparaître la *place Royale*, la *place Dauphine*, etc. En même temps tout un quartier neuf, bâti sur les marais du Temple, devait se composer de rues portant les noms — subsistant encore aujourd'hui — des diverses provinces de France. Ces rues en éventail se dirigeaient vers la *Porte de France* que l'on avait l'intention de construire sur l'emplacement de l'ancienne *Porte du Temple.*

C'était, pour la dénomination des rues de Paris, l'inauguration du système honorifique et du système géographique [1].

Mais je veux abréger cette étude rétrospective dont il était nécessaire de donner un aperçu pour servir d'introduction à l'historique du changement du nom des rues pendant la période révolutionnaire. Sans vouloir aborder la question de l'immixtion de tels ou tels fonctionnaires, de telle ou telle juridiction dans la prérogative de dénomination des rues, je veux constater l'adoption définitive du système honorifique, avec exclusion des droits de la municipalité, lors de la reconstruction, en 1782, sur l'emplacement de l'ancien hôtel de Condé, du nouveau Théâtre-Français (Odéon). Les rues voisines reçurent les noms de poètes dramatiques célèbres. Ces appellations, si nous en croyons Mercier, semblent ne pas avoir dû plaire complètement à l'administration municipale :

« On verra, nous dit-il, à la place de la nouvelle salle de la Comédie-Française, les rues de Corneille, de Racine, de Molière, de Voltaire, de

---

1. L'auteur du *Rapport* présenté au conseil municipal le 13 juin 1885, au nom de la 3e commission, sur un certain nombre de propositions relatives à la dénomination des voies publiques, a eu une étrange distraction ou bien a fait preuve d'une trop complète ignorance de l'histoire de la capitale, quand il a dit (page 16 de son travail) : « L'art de dénommer les rues est absolument moderne, c'est seulement de nos jours qu'on a constitué des *groupements* qui rappellent soit une époque, soit un fait saillant de notre histoire. » Tout ce qui précède prouve évidemment l'erreur de cette assertion.

Crébillon, de Regnard ; ce qui scandalisera d'abord les échevins (il faut s'y attendre) comme en possession de donner seuls leurs illustres noms à des rues. Mais peu à peu ils s'accoutumeront à cette innovation, et à regarder Corneille, Molière et Voltaire, comme les compagnons de leur gloire. Enfin la rue Racine figurera à côté de la rue Babille, sans trop étonner les quarteniers, les dizeniers et autres officiers de l'Hôtel-de-Ville [1]. »

Avant 1789, Paris était divisé en *Cité, Ville* et *Université,* et subdivisé en vingt quartiers ; ces vingt quartiers tiraient leur nom soit de monuments religieux, *Saint-Eustache, Sainte-Opportune, Saint-Paul, Saint-Benoît,* etc.; soit d'édifices importants, *Louvre, Palais-Royal, Luxembourg, Halles,* etc.; soit d'une dénomination locale, *Cité, place Maubert, Marais.* Lors de la convocation des États généraux en 1789, une ordonnance de Necker divisa Paris en 60 districts auxquels correspondaient 60 bataillons de la garde nationale. En ce cas encore nous voyons adopter le même principe, et les 40 dénominations supplémentaires nécessitées par cette subdivision furent principalement tirées des noms des églises ou des communautés religieuses.

Cette organisation subsista jusqu'au 22 juin 1790 [2] : un décret de l'Assemblée constituante substitua alors aux 60 districts 48 sections dont la dénomination fut l'occasion d'une première tentative d'innovation révolutionnaire.

« On avait demandé de nouvelles dénominations, dit Gossin, en qualité de rapporteur du projet. Le comité avait d'abord été tenté de donner à chacune des 48 sections les noms propres des hommes célèbres dont les cendres reposent dans leur enceinte. Il s'est arrêté aux dénominations tirées des places, des fontaines ou des grandes rues [3]. »

Le projet fut ainsi adopté, et, si l'on consulte la liste des dénominations appliquées aux 48 sections, lors de leur organisation, on verra que le vœu de la commission a été exaucé à deux exceptions près :

---

1. Mercier, *Tableau de Paris,* chap. CLXX, édition de 1783, in-8°, tome II. — J'ai puisé d'excellentes indications, pour cette partie de mon travail, dans un *Rapport inédit* de M. J. Cousin, relatif à la dénomination de diverses rues de Paris et à la création du Comité des Inscriptions parisiennes. Je tiens à le remercier ici de la bienveillance avec laquelle il m'a communiqué ce document.

2. Et non jusqu'au 21 mai, comme on lit dans *Les 48 quartiers de Paris,* par Girault de Saint-Farjeau et dans tous les compilateurs qui l'ont copié.

3. Assemblée nationale, séance du 22 juin au soir. *Moniteur* du 24 juin 1790. Réimpression (1840), tome IV, p. 700.

une section porte, en effet, le nom de *Notre-Dame*, l'autre celui de *Sainte-Geneviève*; toutes les autres furent baptisées suivant le principe proposé par Gossin. Ce ne devait pas être assez; car, dès le 16 août 1792, le *Moniteur* nous apprend que la section de *Louis XIV* portera dorénavant le nom de section du *Mail*, et que celle du *Théâtre-Français* s'appellera section de *Marseille*. Plus tard, en 1793, le mouvement révolutionnaire s'accentuant davantage, la section du *Roule* deviendra celle de la *République*, celle de la *Place Royale* deviendra la section de la *Place des Fédérés*, puis celle de l'*Indivisibilité*.

On verra surgir le nom de *Beaurepaire* à la place de celui des *Thermes de Julien*, et la population de ce quartier, influencée par les circonstances ou les événements, brisera bientôt son idole pour rendre le même honneur à *Châlier*. Mais une énumération complète des changements successifs du nom des sections nous entraînerait trop loin. Ils durèrent presque autant que dura l'organisation de Paris en sections. Ce ne fut qu'en l'an IV que la capitale fut divisée en douze arrondissements ou municipalités.

Nous venons de voir, à propos de la dénomination primitive des 48 sections, que c'étaient les législateurs eux-mêmes qui avaient eu l'idée de faire des places de Paris un tableau d'honneur sur lequel seraient inscrits les noms de diverses personnalités célèbres. Cette idée leur parut d'une application difficile; mais nous allons la voir germer dans les cerveaux enthousiastes, petit à petit se faire jour, pour prendre plus tard les proportions d'un envahissement sans bornes.

Le marquis de Villette ouvre la marche en adressant aux Jacobins, le jour même de l'enterrement de Mirabeau (avril 1791), la curieuse lettre suivante :

« Frères et Amis,

« J'ai pris la liberté d'effacer à l'angle de ma maison cette inscription : *quai des Théatins*, et je viens d'y substituer : *quai Voltaire...*

« ... Nous aurons toujours un Voltaire et nous n'aurons plus jamais de Théatins. J'invite les bons patriotes de la rue *Plâtrière* à mettre le nom de *Jean-Jacques-Rousseau* aux encoignures de leurs maisons. Il importe aux cœurs sensibles, aux âmes ardentes de songer en traversant cette rue que Rousseau y habitait au troisième étage, et il n'importe guère de savoir que jadis on y faisait du plâtre...

« ... J'ai pensé que le décret de l'Assemblée nationale qui prépare des honneurs publics à Mirabeau, à Jean-Jacques, à Voltaire, était *pour cette légère innovation* une autorité suffisante [1]. »

1. J. Cousin, *Rapport inédit*, etc.

En effet, le changement fut, comme on le sait, approuvé, en même temps que la même mesure de *débaptisation* était adoptée pour la Chaussée-d'Antin. On lit dans le *Journal de Paris* du 7 avril 1791 :

> « Le Conseil général vient d'ajouter quelques accessoires aux honneurs que la nation a décernés au grand homme que la France regrette. Il a ordonné que le buste d'Honoré-Riquetti Mirabeau serait placé à l'Hôtel-de-Ville, et que la rue de la Chaussée-d'Antin, où est située la maison dans laquelle il est mort, s'appellerait rue Mirabeau. »

Le prestige du célèbre orateur ne devait pas durer longtemps. A la fin de l'année 1792, les papiers trouvés dans *l'armoire de fer* compromettent sa mémoire : Talma est obligé d'enlever la plaque de marbre placée au-dessus de la porte de la maison et sur laquelle il avait fait graver un distique élogieux ; le peuple pend en place de Grève le buste de son idole de la veille, et, dans la séance de la Convention du 11 décembre, il est donné lecture d'une lettre des citoyens de la section dite de *Mirabeau*, annonçant qu'ils changent le nom de la rue dite de *Mirabeau* en celui du *Mont-Blanc*, enfin que leur section s'appellera désormais du même nom [1].

L'initiative prise par le marquis de Villette à l'occasion du quai Voltaire porta ses fruits. Quelques jours après qu'il eut adressé sa motion aux Jacobins — le 14 avril — les habitués du café Procope enchérissaient sur son idée en proposant de donner aux égouts de Paris des noms d'écrivains royalistes : on mit en avant les noms de Mallet-Dupan, de Pelletier, de Rivarol, de l'abbé Maury, etc. On émit le projet d'appeler l'égout de la rue Montmartre *égout des Monarchieux*, celui de la rue Vieille-du-Temple (près de l'hôtel de Rohan), *égout du cardinal Collier,* et la voirie de Montfaucon, *voirie Sulleau.* L'histoire ne nous dit pas qu'il ait été donné suite aux motions de ces novateurs à outrance [2].

Nous voici en 1792 ; on commence à pousser jusqu'à des limites extrêmes la manie de débaptisation et de bouleversement général : le premier personnage que nous rencontrons est Palloy, l'inévitable patriote Palloy, que l'on trouve partout sur son chemin quand on parcourt les annales de la Révolution. Il se présente à nous avec une brochure : c'est une des plus amples parmi ses innombrables productions. Elle a pour titre : « Adresse et projet général dédié à

---

1. *Moniteur* du 13 décembre 1792. Réimpression (1840), tome XIV, p. 717.
2. J. Cousin, *Rapport inédit*, etc.

la nation, présenté à l'Assemblée nationale et au roi des Français [1]. »
Palloy, ainsi qu'il l'a toujours fait, considère la Bastille, son emplacement et ses environs comme sa chose, son bien, et propose d'ériger un monument commémoratif, une *Colonne de la Liberté*. Il a son plan : la place qui, dans son projet, prend naturellement le nom de place de *la Liberté*, serait entourée d'une trentaine de rues auxquelles il assigne la dénomination de rues des *Batailles*, de la *Victoire*, du *Courage*, du *Roi*, de la *Réunion*, de l'*Immortalité*, du *Triomphe*, etc., etc. J'en passe, et qu'il nous suffise de savoir que, si le projet de Palloy avait été adopté, le faubourg Saint-Antoine se serait appelé, comme il l'est, du reste, dans quelques documents contemporains, le faubourg de la *Gloire* !

Mais laissons là les projets plus ou moins fantaisistes pour nous occuper de ceux qui furent mis dès lors à exécution.

Le *Moniteur* du 16 août 1792 nous apprend que la rue de l'Observance (à côté du couvent des Cordeliers) a reçu le nom de rue de Marseille. La « victoire » du 10 août venait d'être « remportée par le peuple sur les tyrans », aussi la place des Victoires s'appellera-t-elle la place de la *Victoire nationale* et, dès le 12 août, un arrêté de la commune, inséré au *Moniteur* du 14, décidait que, sur les débris de la statue Louis XIV, on élèverait une pyramide où seraient inscrits les noms des citoyens morts dans la journée du 10 ! Le *Moniteur* du 16 constate avec la plus grande froideur, et sans autre commentaire, que la statue de Louis XIV « avait été inaugurée le 10 août 1692, et que le 10 août 1792 l'a vu tomber » !

Le conseil général de la commune, stimulé par son procureur Manuel, prenait à cœur son travail de destruction historique : le 21 septembre, il arrête « que la rue Sainte-Anne, dans laquelle est né « le philosophe Helvétius, qui a eu la première idée de notre Révo- « lution, portera dorénavant le nom d'Helvétius [2]. »

L'idée première de cette débaptisation était, comme cela s'était passé pour Voltaire, due encore à l'initiative d'un particulier, Philippe-Antoine Grouvelle, qui avait adressé, le 19 septembre, à Manuel, une lettre qu'il est intéressant de reproduire — au moins en partie —. Elle nous montre l'ancien secrétaire des commandements du prince de Condé enthousiaste des idées nouvelles et

---

1. — *Sans indication de lieu*, le 11 mars 1792, l'an IV de la Liberté, in-4°, 64 pag. et 5 planches gravées.
2. Moniteur du 25 septembre de 1792. Réimpression (1840), tome XIV, p. 30.

plein de haine antireligieuse. Ce nouveau *dénicheur de saints*, dont les mânes ont dû récemment tressaillir d'aise, grâce à ses dignes prosélytes, ne ménage pas ses expressions :

« Patriote et Frère, »

« Votre magistrature s'est signalée principalement par la réforme d'une foule d'abus religieux. Depuis les clochers qui fatiguaient les airs, jusqu'aux processions qui embarrassaient les chemins, vous n'avez fait grâce à aucun des monopoles du catholicisme, le plus funeste des cent et tant de cultes ridicules qui ont rabêti l'espèce humaine. Votre écharpe municipale a raccourci de quelques pouces l'étole sacerdotale ; votre magistrature fait école en ce genre : on doit l'appeler *l'édilité philosophique*.

« Avant qu'elle expire tout à fait, je viens vous demander une petite réforme très facile. C'est sur ma pétition que le nom odieux d'*Artois*, donné à l'une de nos rues, a été remplacé par le nom patriotique de Cerutti. Vous reconnûtes alors avec moi qu'il n'était pas alors inutile, pour le progrès de la raison et de la liberté, de changer, par degrés, toute la nomenclature des rues de la capitale, qui dénote une cité depuis longtemps servile et superstitieuse. C'est un changement semblable que je propose.

« Les saints ont fait autant de mal que les princes : je m'ennuie également de les voir partout désigner les avenues de la ville. Si je conduis un étranger et qu'il me demande le nom des rues, c'est pour moi une insupportable nausée d'avoir toujours à lui nommer quelqu'un des imbéciles ou des hypocrites de la légende. Il me semble qu'on me fait dire les litanies.

« Aujourd'hui, c'est une sainte que je veux déplacer : c'est le nom de la rue Sainte Anne, auquel je voudrais substituer celui d'un philosophe célèbre, d'Helvétius, qui avait son habitation dans cette même rue. Je ne sais si vous estimez autant que moi les écrits de cet homme rare. Je pense que la Révolution lui doit beaucoup. Ils inspirent et ils respirent la liberté [1]... »

L'auteur continue sa lettre, — qui est très longue, — par des considérations sur le livre « De l'Esprit » ; sur un autre ouvrage d'Helvétius intitulé : « De l'Homme » ; il constate avec enthousiasme que « le catholicisme y est ouvertement traité avec indignation et le mépris qu'il mérite de tout homme de sens et de tout homme de bien. » Le correspondant de Manuel s'étend aussi assez longuement sur la vie et les vertus du philosophe de ses rêves et termine sa lettre par la formule : « Salut et fraternité », qui était déjà de mode en ce temps-là.

On voit dans ce mémoire, dont nous ne prendrons pas la peine de relever les inepties, que si l'ex-jésuite Cerutti a donné momen-

---

1. *Moniteur* du 8 octobre 1792. Réimpression (1840), tom. XIV, p. 147.

tanément son nom à une rue de Paris [1], il l'a peut-être bien moins dû à sa popularité qu'à la protection de son ancien confrère de *La Feuille villageoise.*

Il paraît que le procureur de la Commune ne manquait pas d'influence sur ses collègues du conseil dans ces questions de débaptisation, car nous voyons souvent ses propositions ratifiées par un vote favorable.

Le 18 octobre 1792, Manuel demande « que la rue de Sorbonne, « qui rappelle un corps astucieux et vain, ennemi de la philosophie « et de l'humanité, porte désormais le nom de Catinat, nom d'un « fameux guerrier, honnête homme, né dans cette rue [2]. » Le conseil ne résiste pas à d'aussi excellents arguments, et la proposition est adoptée.

Le 27 du même mois, toujours sur la proposition du procureur, le conseil général arrête que la rue de Bourbon sera désormais nommée rue de Lille, et la rue Dauphine, rue de Thionville. « Le conseil, nous dit le *Moniteur,* a voulu donner cette preuve de la reconnaissance des Parisiens pour deux villes qui ont été les premiers boulevards de la liberté [3]. »

Je ne puis, on le comprendra, suivre dans tous leurs détails les transformations successives de chacune des rues à cette époque de bouleversement; je l'ai déjà dit à propos des dénominations des sections, et je suis forcé de le redire ici. La « grande œuvre » pourtant se continuait. C'est ainsi que, sur la proposition de la section du Théâtre-Français (dite alors section de Marseille), le conseil gé-

---

1. Actuellement rue Laffitte. — Lémontey, dans sa notice sur Helvétius (1823), n'a pas omis de signaler l'honneur qu'eut le philosophe de donner son nom à une rue de Paris: « Quand je me suis demandé quel sort attendait Helvétius, dit-il, si le cours naturel de sa vie l'eût amené jusqu'au sein de notre révolution, je n'ai plus douté qu'il n'y eût partagé la fin déplorable de ses illustres amis, les Malesherbes et les Lavoisier. Mais la capricieuse démocratie, qui l'aurait immolé vivant, voulut l'honorer mort: elle donna son nom à la rue *Sainte-Anne,* qu'il avait habitée à Paris; et je crois qu'aujourd'hui cette prérogative lui est disputée. Ceci me rappelle que la ville de Londres avait aussi une rue *Sainte-Anne,* dont le nom fut changé, pendant la guerre civile, non sans de graves querelles, pour un incident si puéril. Cette controverse populaire, plaisamment racontée dans un des plus agréables chapitres du *Spectateur,* nous laisse la preuve consolante qu'il y a eu au moins communauté de folie entre la Seine et la Tamise. »

2. *Moniteur* du 21 octobre 1792. Réimpression (1840), t. XIV, p. 250.

3. *Moniteur* du 29 octobre 1792. Réimpression (1840), t. XIV, p. 317. — Les Autrichiens avaient, cette année même, bombardé ces deux villes sans pouvoir s'en rendre maîtres.

néral de la commune décida, dans sa séance du 25 juillet 1793, que la rue des Cordeliers (rue de l'École de Médecine) serait désormais appelée rue de Marat, et la rue de l'Observance, place de l'Ami du Peuple [1].

C'étaient, comme tant d'autres, des dénominations de circonstance, et les réactions de l'opinion ne devaient pas tarder, comme on sait, à en faire prompte justice.

L'esprit révolutionnaire — sous prétexte d'aspiration à la liberté — fait chaque jour des progrès ; au mois d'octobre 1793, la section du Mail fait déclarer au conseil de la commune qu'elle s'appellera désormais section de Guillaume-Tell [2]. La manie de débaptisation devient de plus en plus générale et finit par prendre les proportions les plus inattendues.

Certains individus ou tels corps constitués en étaient venus à faire les propositions les plus bizarres ; les uns y étaient amenés par les idées révolutionnaires les plus outrées, les autres par le désir de sauvegarder leur existence en tâchant de flatter le pouvoir ou de déjouer les projets des dénonciateurs, dont le rôle atroce était alors incessant. Révolutionnaires ou réactionnaires, chacun se trouvait ainsi contribuer à l'œuvre de destruction qui devait rayer des murs de Paris les appellations rappelant le souvenir du passé. La séance du conseil général de la commune du 6 frimaire an II (26 novembre 1793) nous offre à ce sujet un exemple typique et assez curieux. Il ne s'agit pas du nom d'une rue, mais du nom d'un théâtre, du théâtre de la Montansier, qui, quelques jours avant, le 14 novembre, venait d'être dénoncée par Chaumette et par Hébert. Voici ce que nous lisons dans le *Moniteur*, au compte rendu de la séance :

« Les citoyens artistes du théâtre de la Montansier viennent déclarer qu'ils ont donné à ce théâtre le nom de *La Montagne*.

« Quelques membres s'opposent à l'adoption faite de ce nom par les citoyens artistes, sur le fondement que, n'étant pas encore épurés, on ne peut deviner s'ils méritent un titre aussi élevé, et si, par les pièces qu'ils joueront, ils contribueront ou non à la propagation du patriotisme et de l'esprit public.

« Le procureur général du département, Lhullier, est présent ; il obtient la parole.

1. *Moniteur* du 28 juillet 1793. Réimpression (1840), t. XVII, p. 208.
2. *Ibid.* Réimpression (1840), t. XVIII, p. 34.

« *Lhullier* : « Comme simple citoyen, qu'il me soit permis de donner fraternellement mon avis sur cette question. Qui pourrait s'opposer à ce que des citoyens qui n'ont pas démérité de la patrie, prennent le titre le plus respectable dans la nomenclature républicaine ? Qui, plus que les artistes, peut contribuer à la propagation de l'esprit public ? Certes le moyen le plus sûr de leur en donner la puissance, c'est sans doute de leur permettre de prendre un titre qui leur attire la confiance des patriotes. D'ailleurs, s'ils s'égaraient, la surveillance active des magistrats n'est-elle pas toujours debout pour réprimer leur audace.

« Je demande que les citoyens artistes soient autorisés à prendre le nom qu'ils ont adopté. »

« Le comité donne acte aux citoyens artistes de la déclaration qu'ils font d'adopter le nom de *La Montagne* . »

La dénonciation de Chaumette et d'Hébert avait porté ses fruits. La Montansier avait été arrêtée, et pendant sa captivité, sa troupe donnait des représentations au théâtre *Beaujolais*, qui avait d'abord pris le titre de *théâtre du Péristyle du Palais-Egalité*. Cette dénomination ne lui resta pas longtemps, et l'on vient de voir comment les comédiens, craignant sans doute que l'accusation de royalisme qui pesait sur la tête de leur directrice ne rejaillît sur la leur, s'empressèrent de changer le nom de leur théâtre suivant le goût du jour. Modifiant seulement la seconde partie de leur ancien nom et de *Montansier* faisant *Montagne*, ils semblent avoir usé du système de l'*à peu près*, système déjà usité plusieurs fois, notamment pour le changement de *Montmartre* en *Mont-Marat* [2].

Les derniers mois de l'année 1793 furent, comme on le voit, fé-

---

1. *Moniteur* du 9 frimaire an II (29 novembre 1793). Réimpression (1840), t. XVIII, p. 531.

2. L'ordre chronologique des faits semblerait appeler ici quelques mots sur la débaptisation des églises. On croit communément que c'est de l'an II à l'an III que les églises changèrent de nom (Notre-Dame = Temple de l'Etre suprême ; Saint-Roch = Temple du Génie ; Saint-Eustache = Temple de l'Agriculture, etc., etc.), c'est une erreur : ces dénominations ne furent définitivement adoptées qu'en octobre 1798 (voyez le *Moniteur* du 6 brumaire an VII) ; l'église métropolitaine est la seule qui fut officiellement débaptisée à la fin de 1793, dans la séance célèbre du 10 novembre (*Moniteur* du 23 brumaire an II), séance à la fin de laquelle Chaumette et Chabot firent adopter par la Convention leur proposition impie de consacrer la sainte basilique « à la Raison et à la Liberté. » C'est dans cette séance que, sur la demande de Romme, la déesse de la Raison prit place à côté du président, dont elle reçut « le baiser fraternel, » ainsi que celui des secrétaires !

Dès 1794, les hôpitaux payèrent aussi leur tribut à la rage des laïcisateurs. Je prends la liberté de renvoyer le lecteur, au sujet de tout cela, à mon « Essai d'une bibliographie de l'histoire religieuse de Paris pendant la Révolution (1884, in-8°), p. 48-49. »

conds en projets et en innovations relativement au sujet qui nous occupe. Mais, dans cette énumération de faits particuliers, je n'ai voulu choisir que les plus topiques et les plus importants. Nous allons maintenant aborder les projets plus généraux.

Les clubs et les sections continuaient à s'occuper de la question. Dans la séance du 14 brumaire an II (4 novembre 1793), la Convention avait reçu à sa barre une députation de la section des Arcis, et le citoyen E. Chamouleau [1], orateur de la députation, prend la parole en ces termes :

« Il est une maxime incontestable, connue de tous les législateurs : point de mœurs, point de République. En familiarisant le peuple avec la vertu, on fera passer aisément dans son âme le goût d'une morale pure, et par suite l'heureuse habitude pour sa pratique. Pour arriver à ce but, je propose de faire faire au peuple un cours de morale muet, en appliquant aux places, rues, etc., de toutes les communes de la République les noms de toutes les vertus. Voici l'explication de mon plan :

« Les communes grandes et petites de la France seront divisées en arrondissements particuliers, dont chaque place publique sera le centre ; toute place publique portera le nom d'une vertu principale. Les rues affectées à l'arrondissement de cette place seront désignées par les noms des vertus qui auront un rapport direct avec cette vertu principale. Lorsqu'il n'y aura pas assez de noms de vertus, on se servira de ceux de quelques grands hommes, mais on les rangera dans l'arrondissement de leur vertu principale.

« A Paris, par exemple, le Palais-National s'appellera Temple ou Centre du républicanisme ; la place du Parvis-Notre-Dame, place de l'Humanité républicaine ; la Halle, place de la Frugalité républicaine. Les rues adjacentes, pour la première, seront les rues de la Générosité, de la Sensibilité, etc. Il s'en suivra de là, continue l'orateur, que le peuple aura à chaque instant le mot d'une vertu dans la bouche, et bientôt la morale dans le cœur.

« Je termine par demander que ce plan soit exécuté dans tous les départements. »

---

1. Les biographes et les bibliographes manqueraient à jamais de renseignements sur ce personnage original, si une note de la Réimpression du *Moniteur* (1840), tome XVIII, p. 344, ne nous avertissait qu'il est l'auteur du « Plan d'un établissement national d'humanité». Sans compter son « Plan » de dénomination des voies publiques, Chamouleau semble avoir eu beaucoup d'autres projets : voyez, dans la *France littéraire* de Quérard, l'article qui lui est consacré sous le nom de F. Chamouland (t. II, p. 120). Notre savant confrère et ami Victor Fournel nous avait déjà fait faire connaissance avec Chamouleau par une note qu'il lui a consacrée dans son *Paris nouveau et Paris futur* (1865, in-12), p. 207.

L'assemblée applaudit au pétitionnaire et à la réponse du président, ordonne l'impression des deux discours et le renvoi au comité d'Instruction publique, pour en être fait un rapport dans la huitaine.

Pourquoi un projet aussi admirable n'a-t-il pas été exécuté? Plaignons le peuple parisien de ce qu'il ait ainsi perdu l'occasion d'avoir « à chaque instant le mot d'une vertu dans la bouche ! » Et gageons qu'il aurait mieux connu l'humanité souffrante, la générosité et la sensibilité républicaines si le plan de cet excellent Chamouleau avait été réalisé !

Quelque bizarre que puisse nous sembler la proposition de ce vertueux citoyen, ne nous récrions pas contre son invraisemblance : ne l'avons-nous pas vue se reproduire tout récemment au conseil municipal de la ville de Paris [1] ? Mais constatons les signes du temps : en 1793, on avait applaudi Chamouleau ; en 1885, l'orateur fut accueilli par des plaisanteries [2] !

Certaines sections avaient, comme on le voit, la prétention de formuler, pour les changements de dénomination des voies publiques, un projet comprenant le bouleversement de la ville tout entière; d'autres furent moins prétentieuses et se contentèrent de présenter à l'administration des vœux particuliers pour le changement du nom de certaines rues de leur circonscription. Tel est le projet que présenta la section de Bonne-Nouvelle par l'organe du citoyen Jault, le 10 brumaire an II (31 octobre 1793). Ce projet a été imprimé, il est assez rare et curieux pour mériter d'être reproduit.

Voici la pièce dans son entier :

Projet d'une nouvelle nomenclature des rues de l'arrondissement de la section de Bonne-Nouvelle, suivi de quelques vers républicains, par le citoyen Jault, membre de la Commune de Paris et du Comité de vérification de la guerre.

« Citoyens,

« Dans un État vraiment républicain, s'occuper à régénérer les mœurs, à abattre toutes les marques gothiques des siècles d'erreurs et de fana-

1. Séance du 17 juin 1885.
2. Du reste, les exemples proposés par l'honorable conseiller étaient très mal choisis : il ne devrait pas ignorer que la rue de la Bienfaisance et la rue de la Paix tirent leur origine, non d'un principe général, mais de faits particuliers. La rue de la Bienfaisance a été ainsi appelée en souvenir de M. Goetz, médecin, qui habitait au n° 9 et se signala par de nombreux actes charitables. Quant à la rue de la Paix, son nom fut substitué à celui de Napoléon en 1814, après la signature du traité de paix. L'origine du nom de la rue de la Fidélité est inconnue, ou, du moins, très peu certaine.

2

tisme, c'est vouloir le bien de sa patrie. Marchant depuis longtemps dans le sentier de la philosophie, recueillant ses pensées, ses leçons, je me suis occupé d'un changement dont l'adoption ne vous sera pas difficile.

« La plupart des rues de l'arrondissement de la section portent des noms de saints du christianisme ; considérant combien cette nomenclature de rues est offensante et ridicule sous un gouvernement populaire ; considérant que le seul culte digne de la postérité doit être les vertus et la raison, puisées dans la nature ; le soin de tout républicain, d'honorer les talents dans la personne des grands hommes de la France, qui se sont élevés à la hauteur de la liberté, de l'égalité, soit par des ouvrages philosophiques, soit dans la pratique des beaux-arts et de l'agriculture ; en conséquence de mon travail, je vous propose l'innovation suivante :

1. Rue Saint-Claude.	1. Rue Astruc.
2. Rue des Filles-Dieu.	2. Rue de la Vertu.
3. Rue Saint-Philippe.	3. Rue Neuve-Descartes.
4. Rue Neuve-Saint-Sauveur.	4. Rue Lesueur.
5. Rue Sainte-Foy.	5. Rue Lenautre.
6. Rue de Cléry.	6. Rue Sarrazin.
7. Rue Sainte-Barbe.	7. Rue Montaigne.
8. Rue N.-D.-de-Recouvrance.	8. Rue Jouvenet.
9. Rue Saint-Spire.	9. Rue Nicole.
10. Rue N.-D.-de-Bonne-Nouvelle.	10. Rue de Bonne-Nouvelle.
11. Rue Neuve-Saint-Étienne.	11. Rue Neuve-Mably.
12. Rue Beauregard.	12. Rue Populaire.
13. Rue de la Lune.	13. Rue du Labeur.
14. Cul-de-sac de l'Étoile.	14. Rue du Silence.
15. Cour des Miracles.	15. P. des Forges-de-Bonne-Nouvle.

NOTES HISTORIQUES SUR LA NOUVELLE NOMENCLATURE DES RUES CI-DESSUS DÉSIGNÉES.

« 1. Astruc, né à Sauve, en 1684, est connu par plusieurs excellents ouvrages sur l'art de la médecine. La modestie, la politesse, la modération, la bienfaisance et la sagesse de cet écrivain, le rendaient aussi recommandable que son savoir.

« 2. Depuis plusieurs siècles, la rue des Filles-Dieu, précédemment filles du Diable, fut un repaire corrupteur des mœurs ; mais, depuis peu, la police bien administrée vient de frapper sans retour les teignes dangereuses qui y faisaient leur commerce nocturne ; cette rue est devenue plus salubre, et l'honnête homme la traverse sans scrupule; c'est pour cette raison que l'on doit l'appeler rue de la Vertu.

« 3. Descartes, à qui la Convention nationale vient de décerner les honneurs du Panthéon, est un célèbre philosophe français, né en 1596, mort en 1650, connu par plusieurs excellents ouvrages.

« 4. Lesueur, né à Paris, en 1617, fut un de ces génies heureux qui poussèrent la peinture à son plus haut degré de perfection ; aussi fut-il appelé à juste titre le Raphaël français.

« 5. Lenautre, né à Paris, en 1613, fut un grand décorateur et dessinateur ; c'est lui qui le premier donna des berceaux, des grottes, des treillages, des labyrinthes pour embellir et varier les spectacles et les grands jardins ; c'est Lenautre qui dirigea la belle plantation d'arbres des Champs-Elysées et les dessins du jardin des Tuileries.

« 6. La rue de Cléry, n'ayant pas plus que les autres rues de l'arrondissement de la section une origine recommandable à la postérité, et ayant l'avantage de posséder des ouvriers et des artistes en bois et en menuiserie, j'ai cru que le nom de Sarrazin conviendrait parfaitement à cette rue. Cet artiste (Jacques Sarrazin), né à Noyon en 1588, fut un sans-culotte laborieux et un habile sculpteur, qui décora plusieurs églises de Paris, et qui a fait le magnifique groupe de Remus et de Romulus allaités par une chèvre ; ce morceau se voit à Versailles : voilà le patron des sculpteurs et ouvriers en bois.

« 7. Montaigne, qui vivait en 1581, fut un philosophe français trop connu par ses ouvrages moraux, pour que je me charge d'en dire davantage ; nos neveux nous sauront gré de nous être ressouvenu de ce moraliste vertueux et ami de l'égalité.

« 8. Jouvenet, né à Rouen en 1644, mort à Paris, est un de ces artistes immortels par leur pinceau et leurs ouvrages. On admire son tableau appelé le *Magnificat*, dans le chœur de l'église de N.-D., les quatre tableaux qui se voyaient à la ci-devant abbaye de Saint-Martin-des-Champs ; en outre de son talent, Jouvenet avait beaucoup de franchise et de droiture dans le caractère.

« 9. Nicole, né à Chartres, en 1625, se distingua par un esprit pénétrant, une âme sensible et une mémoire heureuse ; ses Essais de morale produisirent dans les mœurs de son temps un bien infini ; cet écrivain moraliste, si fort, la plume à la main, était un second La Fontaine dans la conversation ; cette simplicité caractérise la bonté de son âme.

« 10. En supprimant les mots de N.-D. à cette rue, on trouvera plus de grâce dans l'inscription seule de Bonne-Nouvelle ; cette idée présente toujours à l'esprit quelque chose d'agréable.

« 11. Mably, né à Grenoble en 1709, est connu par des écrits politiques qui respirent le plus pur républicanisme ; cet écrivain célèbre ne fit aucune démarche vers la fortune ni vers les hommes littéraires ; comme J.-J. Rousseau, il était plus jaloux de mériter l'estime générale que de l'obtenir.

« 12. En donnant à la rue Beauregard le nom de rue Populaire, j'ai cru rendre hommage au zèle des citoyens de cette rue, qui ont concouru à rétablir la révolution dans ses principes lorsque l'aristocratie voulait user de ses pouvoirs liberticides ; le nom Populaire convient donc à cette rue fameuse par le bon peuple qui l'habite et qui a travaillé pour abattre les préjugés des grands, la morgue des riches et le fanatisme de la prêtraille.

« 13. En changeant la rue de la Lune en celle de la rue du Labeur, j'ai cru nécessaire de l'appeller ainsi, en ce qu'elle renferme un grand nombre d'ouvriers estimables et laborieux attachés à l'agriculture, au jardinage et à la boulangerie.

« 14. En donnant au cul-de-sac de l'Étoile le nom de la rue du Silence, j'ai cru que cette vertu austère, qui convient à des hommes républicains, devait avoir sa place dans notre section, parce que avec un silence réfléchi on parvient à faire de bonnes opérations ; ce cul-de-sac, conduisant à deux passages, doit nécessairement être considéré comme une rue.

« 15. L'origine du nom de Cour des Miracles me rappelle que beaucoup de gueux et de mauvais citoyens demeuraient anciennement dans cette Cour, et sortaient contrefaits pour aller chercher de côté et d'autre les moyens de subsister aux dépens de la crédulité des passants ; à la fin du jour, ces caméléons arrivaient dans leur retraite en chantant et en dansant, avec tous les accessoires du vice, de l'immoralité et de la mauvaise foi. On voudra abolir cette signification qui présente aux républicains quelque chose plus digne *(sic)* de leur esprit.

« Cette Cour, dite des Miracles, s'appellera place des Forges de Bonne-Nouvelle ; ces Forges produiront de bien plus grands miracles, ceux de forger des fers pour anéantir les tyrans couronnés.

« 16. La rue de Bourbon-Villeneuve nous retraçait le nom des tyrans de la France, mais celui de l'Égalité nous retrace la fraternité et le bonheur qui en doivent découler. »

EXTRAIT *du registre des délibérations de l'assemblée générale de la section de Bonne-Nouvelle, du 10e jour du 2e mois de l'an 2e de la Répub. franç., une et indivisible.*

« Sur la lettre envoyée à la section de Bonne-Nouvelle par les administrateurs des travaux publics, pour le projet de supprimer les inscriptions des rues qui portent des noms proscrits, des noms de saints, etc., l'assemblée a nommé précédemment le citoyen Jault pour changer et fixer la dénomination des rues susdites, et, d'après son rapport mentionné ci-dessus, et dont elle est satisfaite, elle arrête que le citoyen Jault sera invité à le porter à l'administration des travaux publics, comme le vœu sur cet objet de la section de Bonne-Nouvelle.

« MOLLARD, *président.*

« COCHOIS, *secrétaire.* »

L'HOMME LIBRE.

L'homme digne de sa liberté
Fait son bonheur de l'égalité,
Et son ambition la plus chère
Est de rencontrer devant ses yeux
Soit l'opprimé, soit le malheureux,
Pour le secourir comme un bon frère.

Cet apôtre de la vérité
Partout combat l'aristocratie ;
Et voilà comment il la châtie
Avec les armes de l'équité.

LE PATRIOTE.

Le véritable patriote
Couvre de mépris tout despote.
Il sait sacrifier souvent
Au bien de sa chère patrie
Son intérêt et son argent,
Son repos, son bras et sa vie.

DISTIQUE

Nous avons beaucoup de mauvais rimeurs.
Moins de gens d'esprit, peu de bons auteurs.

QUATRAIN.

Le savant joint beaucoup en peu de mots :
Sitôt qu'il parle, on se tait, on l'admire ;
Mais on verra les ignorants et sots
S'efforcer de parler, pour ne rien dire.

*De l'Imprimerie de la Cour des Miracles, rue Neuve de l'Egalité,
ci-devant Bourbon-Villeneuve* [1].

Faut-il prendre une à une les propositions faites par le rapporteur du projet de la section de Bonne-Nouvelle ? Je ne sais vraiment si elles le méritent. Veut-on savoir, par exemple, pourquoi la rue *Saint-Claude* aurait dû s'appeler rue *Astruc ?* Il est inutile de consulter la note explicative donnée par le rapporteur : les dictionnaires nous apprennent qu'un des ouvrages du savant médecin, ouvrage écrit en latin en raison des usages du temps et peut-être aussi de son sujet tout spécial, a été traduit par un certain Jault, mort

---

1. La pièce dont je viens de donner une reproduction intégrale se compose de 8 pages in-8°. Les vers (!) qui la terminent n'ont été évidemment ajoutés que pour remplir le restant de la feuille. Pardonnons au citoyen Jault son excès de zèle : il a l'abnégation de faire lui-même l'aveu de sa faiblesse dans les deux lignes qu'il qualifie « Distique. » Je pourrais citer les titres très bizarres de plusieurs autres élucubrations du citoyen Jault, entre autres un « Discours sur l'aristocratie muscadine, les jardins de luxe, et la nécessité de borner au simple nécessaire le nombre des animaux domestiques pour éviter la peste... »

plusieurs années avant la Révolution et qui était probablement le père ou un oncle du rapporteur. Le citoyen Jault a été, il faut l'avouer, bien modeste de ne pas proposer le nom du traducteur.

La rue de Cléry rappelait le nom d'un ancien hôtel, — je n'ose le dire trop haut, cela pourrait peut-être encore lui porter malheur, — il était naturel de vouloir la débaptiser : Jault nous propose le nom de Jacques Sarrazin ; c'est très bien, mais vouloir le faire passer pour un *sans-culotte,* halte-là, citoyen ! Les biographes nous présentent cet artiste comme « issu d'une famille aisée. » Il fut par alliance le neveu de Simon Vouet ; il a comme lui travaillé pour les églises, pour des cardinaux, pour des rois et autres tyrans : on ne craindrait pas aujourd'hui de dire que Sarrazin fut un infâme clérical. Le citoyen était bien d'ailleurs *dans le mouvement,* et, quand il dit qu' « en supprimant les mots de *Notre-Dame,* on trouvera plus de grâce dans l'inscription seule de *Bonne-Nouvelle,* on croirait entendre un conseiller municipal de 1885.

Mais laissons là les notes qui accompagnent ce rapport. Bien plus précieux est pour nous l'*Extrait du registre des délibérations de l'assemblée générale de la section ;* il nous prouve que c'est « sur la lettre envoyée à la section de Bonne-Nouvelle par les administrateurs des travaux publics » que cette section a délibéré sur la suppression des inscriptions de rues portant des noms proscrits ou des noms de saints. Cette excitation au bouleversement des dénominations des rues venait donc de l'administration elle-même ; ne sommes-nous pas autorisés à croire qu'en consultant sur cette question les assemblées populaires, elle songea autant à les flatter qu'à se les concilier, et à s'affranchir ainsi d'une censure qui aurait pu être gênante ?

Au reste, voici un spécimen de la circulaire qui fut à ce sujet envoyée aux sections ; on a vu plus haut comment celle-ci, — celle des Arcis, précisément, — avait répondu à cet appel.

COMMUNE DE PARIS — DÉPARTEMENT DES TRAVAUX PUBLICS [1].

« Le 5ᵉ jour du 2ᵉ mois de l'an IIᵉ de la République française, une et indivisible.

« Les Administrateurs des Travaux publics à l'assemblée générale et permanente de la section des Arcis,...

1. Pièce manuscrite qui a figuré sous le nº 168 d'un catalogue d'autographes vendus le 16 avril 1867 par G. Charavay. Le texte nous a heureusement été conservé par « L'Intermédiaire des chercheurs et curieux », t. IV, p. 222.

« Le Conseil général, citoyens, a adopté le projet que nous lui avons proposé de supprimer les inscriptions des rues qui portent des noms proscrits, des noms de saints ou patronymiques, des noms ignobles ou insignifiants, des noms d'hommes vivants, et enfin ceux qui se trouvent répétés dans plusieurs rues. Il a également adopté la proposition que nous lui avons faite d'y substituer des inscriptions analogues à notre heureuse Révolution, ceux des hommes qui ont bien mérité des humains, enfin les noms des principales villes des départements, afin de faire concourir cette nouvelle nomenclature à l'instruction publique.

« Le Conseil général a cependant désiré que les assemblées générales des sections fussent consultées sur cette importante opération. Nous nous empressons, en conséquence, de vous faire part de son arrêté et nous vous prions de vouloir bien nous faire connaître vos vues sur la nouvelle nomenclature des rues de votre arrondissement, dont il convient de changer les inscriptions.

« Quoique ce travail exige beaucoup de détails, puisqu'il faudra changer le nom de presque toutes les rues, nous nous sommes engagés de le soumettre dans dix ou douze jours au Conseil général. Nous vous prions de vouloir bien nous mettre à portée de profiter de vos lumières, en nous faisant part le plus promptement possible de vos observations.

« AVRIL. »

Je n'ai pu, malgré mes recherches, retrouver la série complète des rapports que les sections ont dû présenter, en réponse à cette circulaire des administrateurs des travaux publics. Toutes les sections—ou du moins la plupart d'entre elles—répondirent pourtant à cette invitation ; j'en trouve la preuve dans la pièce dont on va lire la reproduction, pièce imprimée qui est très rare et très difficile à trouver, parce que, ne portant pas de nom d'auteur, elle échappe facilement aux recherches et semble peu digne de l'attention des collectionneurs. Je ne m'explique pas pourquoi Avril[1] n'a pas signé son rapport ; il est certain qu'il en est l'auteur, et Grégoire, dans un autre rapport, dont je parlerai ci-après, le dit d'une façon positive.

---

1. Cet Avril, dont je n'ai pu découvrir le prénom, fut, dès le commencement de la Révolution, administrateur du domaine à la Commune de Paris (*Moniteur* du 2 décembre 1789). Plus tard ce personnage était élu administrateur des travaux publics (séance du conseil général de la Commune du 21 août 1793; *Moniteur* du 23) ; à la fin de la Révolution il était devenu administrateur des hospices de Paris ; le *Moniteur* du 6 germinal an VII (26 mars 1799) fait mention de sa destitution de cette fonction. Il est aussi l'auteur d'un curieux rapport *sur les inhumations*, qui a été imprimé et dont une analyse se trouve dans le *Moniteur* du 24 nivôse an II (13 janvier 1794).

Convention nationale. Instruction publique. Rapport au Conseil général de la commune de Paris sur quelques mesures à prendre en changeant les noms des rues. Imprimé en vertu de l'arrêté du Comité d'Instruction publique du 17 nivôse an II (6 janvier 1794).

« Les noms de la plupart des rues de Paris sont ou barbares ou ridicules, ou patronymiques. En général ils sont insignifiants, et leur ensemble ne présente aucun motif.

Il vous a été proposé de les changer partiellement. Nous avons mis sous vos yeux un projet qui les changerait tous, et feraient (*sic*) de la commune de Paris une espèce de tableau géographique de la République française. Vous en avez consacré le principe par votre arrêté du... (*sic*) ; si jusqu'ici quelques sections et plusieurs citoyens ont exprimé différentes vues, il semble que le plus grand nombre adopte le plan qui fait de Paris une carte géographique de la France.

Dès que vous avez eu manifesté votre vœu à cet égard, nous avons mis la main à l'œuvre, et nous allons vous soumettre quelques difficultés qui arrêtent le travail.

1o Plusieurs noms de ville, sous l'Ancien Régime, étaient devenus des noms patronymiques : tels sont les noms d'*Orléans*, de *Clermont*, etc. Ces homonymes de noms d'hommes sont en grand nombre. Nous ne croyons pas que ce soit un motif pour les rejetter de la nouvelle nomenclature, où, grâces aux salutaires réformes de la Révolution, ils ne servaient qu'à rappeler des abus qu'elle a anéantis.

« 2o Quelquefois des hommes en place ont eu la gloriole de donner leur nom à des cités. Telle est *Arpajon*, dont le nom primordial était *Châtre*. On peut consulter cette commune, qui ne sera peut-être pas fâchée de reprendre son premier nom ;

« 3o Plusieurs cités ont des noms de saint et de sainte. Le comité de division s'occupe d'y en substituer d'autres. Nous désirons qu'il soit choisi dans le sein du conseil deux membres chargés de solliciter auprès de ce comité l'accélération de son travail [1], avec prière de nous le communiquer quand il sera terminé. Nous souhaitons encore qu'il soit observé aux membres de ces comités, auxquels notre projet doit être communiqué, qu'il est bien essentiel, pour en faciliter l'usage, que les noms des rues soient simples, composés, autant que faire se peut, d'un seul mot, et qu'en conséquence les noms des communes seraient plus aisés à employer, à retenir, si cette même simplicité les accompagnait ;

« 4o De même qu'à Paris, il se rencontre plusieurs rues d'un même nom, plusieurs communes en ont de semblables. Il arrive de là que les lettres sont souvent mal adressées ; que l'étendue du dessus d'une lettre ne suffit pas à la prolixité de l'adresse ; que celui qui n'a pas une connaissance particulière de la topographie des lieux ne peut reconnaître celui dont il est question ; que le commerce en souffre et que les habitants des grandes

---

1. Le décret porte que, sous deux mois, les cités ou communes proposeraient les **noms** qu'elles veulent porter. (*Note du rapporteur.*)

communes sont dans une ignorance parfaite sur la géographie de leur patrie. Des noms simples, des noms uniques, pareront à tous ces inconvénients.

« Nous allons maintenant vous donner une idée du projet dont vous avez adopté le principe par votre arrêté du... (sic).

« Paris est composé d'environ 900 rues, trente quais, douze ponts, vingt-huit passages, cours ou ci-devant cloîtres, vingt-six places, vingt halles ou marchés, de neuf enclos où l'on passe, que d'oisifs moines possédaient, et de plus de cent culs-de-sacs.

« Voici la distribution que nous nous proposons d'en faire. Les angles des quais porteront les noms des départements du *Sud* et de l'*Ouest* ; ceux des anciens boulevards les noms des départements du *Nord* et du *Midi*.

« Les encoignures porteront les noms des communes de la République, suivant l'angle que forme la prolongation de telle rue sur la méridienne ou sur la perpendiculaire. Plusieurs ponts et places sont déjà nommés. On continuera de leur donner des noms qui éternisent la Révolution.

« Les culs-de-sacs prendront le nom des communes environnant Paris, selon le principe adopté pour les rues.

« Nous réservons l'ancienne Cité, ou Isle de Paris, qui déjà s'embellit et s'embellira encore, pour placer à ses angles nombreux les noms de ceux qui auront bien mérité de la patrie; ils pourront y figurer à côté des noms de ces hommes dont la vie a été un bienfait pour l'univers.

« Après avoir employé ce qu'il sera possible de ces noms respectables, les rues qui resteront porteront des noms de nombre, en attendant que celui d'un patriote vertueux y soit placé.

« Il paraît qu'il y a un motif dans ce projet, puisque les citoyens, à peine hors de l'enfance, sauront par routine qu'une rue porte une telle inscription, parce que sa direction, en tournant le dos au centre de la cité, est la même que celle de la cité dont elle porte le nom, ou à peu près; ou parce qu'elle est consacrée à la mémoire d'un grand homme.

« On sait qu'il n'y a pas de route droite; les montagnes et les rivières en sont cause. Ainsi, les directions des rues ne seront pas routières, mais à vol d'oiseau, ou prises sur la méridienne, c'est-à-dire géographiquement.

« On conçoit, d'après cet exposé, que le changement des inscriptions devient total, au moins dans les tables; et qu'il est impossible, par exemple, de mêler aucun nom d'hommes ou de choses dans la partie destinée à former l'espèce de carte dont il s'agit.

« Ainsi, ce projet une fois adopté, il faut que les sections consentent à voir transférer ailleurs les noms qu'elles ont déjà donnés à quelques rues.

« Il est utile que le comité de Division se prête à cet ordre de choses et veuille bien nous communiquer son travail, et que, pour éviter la confusion, toutes nouvelles dénominations de rues, etc., soient suspendues à compter de l'époque où le travail sera définitivement entrepris [1]. »

L'administration municipale avait réuni les diverses opinions des

---

1. De l'Imprimerie nationale, S. D. (janvier 1794), in-8°, 4 pages.

sections ; le conseil général de la Commune, muni de ces renseignements, se disposait à examiner la question, quand la Convention prit l'affaire en mains et chargea le comité d'Instruction publique d'étudier un projet général embrassant la débaptisation des voies publiques de toutes les communes de la République. C'est ce qui valut les honneurs de l'impression au rapport que je viens de reproduire.

Le travail avait, en effet, été commencé pour la capitale, et il était naturel de l'utiliser pour l'étude du projet général. Ce fut Grégoire qui fut chargé du rapport à la Convention, au nom du comité d'Instruction publique [1].

Le travail de l'évêque constitutionnel est malheureusement trop long pour être reproduit ici. On ne comprend pas, d'ailleurs, si l'on ne songeait à l'extravagance inhérente à l'esprit révolutionnaire, comment un esprit, qui ne manquait pas d'une certaine élévation, un homme à qui l'on doit la création du Bureau des Longitudes et du Conservatoire des Arts et Métiers, a pu enfanter des idées telles que celles-ci :

« Un très grand nombre [de rues], dit-il dans son rapport, avait pris des noms d'enseignes connus dans le voisinage, et remarquez que la plupart de ces enseignes étaient au *Chariot d'or*, au *Lion d'or*, au *Soleil d'or*, aux *Trois Rois*, au *Grand Monarque*, etc., en sorte qu'elles offraient partout l'empreinte de la cupidité et du despotisme. Cette observation ne sera pas dédaignée par le philosophe qui, calculant les degrés d'altération dans les principes et les mœurs, sait que les noms font beaucoup aux choses, que, suivant leur nature, ils servent de ralliement au patriotisme, aux vertus, aux erreurs, aux factions. L'histoire dépose que, dans tous les siècles, on a vu, d'un côté, des peuples se quereller, s'égorger pour des mots, et de l'autre, des mots enfanter des actions héroïques ; ainsi la dénomination de *Carmagnole*, que porte une de nos frégates, ajoute à la gaieté et au courage des marins qui la montent.....

« Quand on reconstruit un gouvernement à neuf, ajoute-t-il plus loin, aucun abus ne doit échapper à la faux réformatrice ; on doit tout républicaniser... Le patriotisme commande un changement de dénominations, et beaucoup de citoyens appellent vos regards sur cet objet... Et pourquoi le législateur ne saisirait-il pas cette occasion d'établir un système combiné de nomenclatures républicaines, dont l'histoire d'aucun peuple n'offre le modèle ? »

---

1. Convention nationale. Système de dénominations topographiques pour les places, rues, quais, etc., de toutes les communes de la République, par le cit. Grégoire. Imprimé par ordre du Comité d'Instruction publique. *(A Paris, de l'imprimerie nationale, S. D. (janvier 1794), in-8°, 27 pages.)*

Grégoire était convaincu, lisons-nous dans une biographie du conventionnel, rédigée par un de ses partisans [1] :

« Grégoire était convaincu que, pour avoir une démocratie, il ne suffisait pas d'abolir la royauté, de créer une machine à gouvernement et d'inscrire dessus le mot *république*, mais qu'il fallait, avant tout et sans délai, former des citoyens, opérer une régénération complète, et créer un nouveau peuple... »

L'un des moyens qui parurent à Grégoire les plus favorables pour arriver à ce résultat fut ce qu'on appelait alors l' « instruction nationale ». On sait en quoi celle-ci consistait : en enfantillages ou en mots sonores ; à désapprendre le passé et à enseigner que rien n'existait avant l'ère nouvelle... Mais j'oublie que nous avons vu tout à l'heure le citoyen Jault reconnaître que la France avait produit quelques penseurs et quelques grands artistes..., qu'il se permettait d'enrôler sans façon dans la troupe des sans-culottes.

« Dans les faits immortels de notre Révolution, dit encore Grégoire dans son *Système de dénominations*, dans nos succès, nous trouverons des sujets pour embellir toutes les places. Leurs dénominations, combinées avec celles des rues adjacentes, formeront un abrégé historique. Pourquoi la place *des Piques* ne serait-elle pas avoisinée par la rue du *Patriotisme*, du *Courage*, du *Dix-Août*, du *Jeu-de-Paume*, etc. ? N'est-il pas naturel que de la place de *la Révolution* on aborde la rue de *la Constitution*, qui conduirait à celle du *Bonheur*. Je voudrais que tout ce que la nature, les vertus et la liberté ont de plus grand, de plus sublime, servît à dénommer les rues par lesquelles on arriverait à la place de *la Souveraineté*, ou à celle des *Sans-Culottes* ! »

L'auteur du projet ne nous dit pas entre lesquelles -- ou à l'extrémité de laquelle — de ces rues il voudrait voir placer la rue de *la Guillotine*.

Du reste, il n'a pas de parti pris, cet excellent Grégoire : s'il vante le système *historique* et *révolutionnaire* (page 18), le système d'après lequel on emprunterait des dénominations « aux vertus, à l'agriculture, au commerce, aux séances et aux arts », il admet aussi le système géographique :

---

1. *Essai sur la vie et les ouvrages de Grégoire,* par M. Ch. Dugast, en tête de la réimpression faite, en 1839, de l'*Histoire patriotique des arbres de la liberté,* p. 59.

« Prenons une commune quelconque, Paris, si bon vous semble, appliquons sur le plan de cette commune la carte géographique de la France en faisant correspondre les points cardinaux ; après nous être orientés de la sorte, partons du centre de cette commune, et, dirigeant notre vue à vol d'oiseau, donnons aux rues des noms d'autres communes de la République, en nous conformant toujours aux changements de noms que ces communes pourraient éprouver ; enfin, répartissons ces dénominations d'une manière qui ait, autant que les localités le permettent, quelque correspondance de situation et de distance avec les communes dont nous empruntons les noms, et dont la distance sera jointe à l'écriteau. »

Ce système, qui était déjà d'une exécution difficile en 1754, époque où l'abbé Teisserenc [1] le proposa, offrait encore bien plus de difficultés en 1794 : la manie de changer le nom des villes était alors dans toute sa vigueur, et Dieu sait à quelles mutations successives la municipalité qui aurait adopté ce plan aurait été exposée !

Le rapport de Grégoire eut le sort de tant d'autres élucubrations qu'avec une activité et une fécondité extraordinaires, produisaient les novateurs révolutionnaires. Il avait conclu à ce que « la présente instruction serait envoyée à toutes les communes de la République, avec invitation à s'y conformer, » mais aucune municipalité ne semble y avoir obtempéré.

La municipalité parisienne, cédant à ses propres tendances révo-

---

1. Le titre de l'ouvrage qu'il publia à ce sujet est assez long pour expliquer ce qu'il contient : « Géographie parisienne, en forme de dictionnaire, contenant l'explication « de Paris, ou de son plan, mis en carte géographique du royaume de France, pour « servir d'introduction à la géographie générale. Méthode nouvelle et facile pour ap- « prendre d'une manière pratique et locale toutes les principales parties du royaume « et de Paris, ensemble et les unes par les autres, Paris placé à l'église et paroisse « de Saint-Leu, rue Saint-Denis, quartier de Saint-Jacques de la Boucherie, étant « le point fixe de toutes les parties. Par M. Teisserenc, prêtre, bachelier en théologie. » (*Paris, Veuve Robinot, 1754, in-12,* xix-356 *p., plus l'approbation*). Une partie de la préface est intitulée « Moyens faciles et simples pour faire de la ville de Paris « une école publique... et gratuite..., par le moyen des écriteaux qui sont aux en- « seignes. » Ces quelques pages sont assez curieuses, mais elles prêtent au ridicule, en souvenir de Caritidès, ce pédant que nous a peint Molière au troisième acte des *Facheux*, et qui s'indigne d'une façon si comique de « la barbare, pernicieuse et détestable orthographe » des enseignes. En ce qui concerne le *projet géographique*, l'ouvrage de Teisserenc, pour être bien compris, aurait besoin d'être accompagné d'un plan. Ce plan a été dressé et gravé, car il a figuré une seule fois dans un catalogue de vente (la vente Faucheux, 1853), sous le n° 998. Depuis, il n'a jamais été cité et, malgré mes recherches, je n'ai jamais pu le voir. Je souhaite que ces lignes tombent sous les yeux d'un amateur qui pourrait satisfaire mon *desideratum*.

J'ai déjà dit un mot du système géographique à propos de la dénomination donnée à quelques rues du *Marais* sous le règne de Henri IV; mais, dans ce cas, la mesure adoptée fut toute partielle et absolument locale.

lutionnaires et n'osant résister, dans ce qu'elles avaient d'extrême, à celles des pétitionnaires des sections, avait pratiqué ses débaptisations et adopté de nouveaux noms sans la moindre méthode, de sorte que le bouleversement était complet : l'intervention de la Convention et de son comité d'Instruction publique se trouva absolument inutile.

Le rapport de Grégoire fut-il discuté en séance par la Convention, c'est ce dont nous ne pouvons être assuré : j'ai en vain feuilleté le « Procès-verbal de la Convention nationale, » ainsi que les comptes rendus contenus dans le *Moniteur*, et je n'ai pu rien découvrir à ce sujet. Si le rapport n'avait pas été imprimé, il ne nous serait pas resté de trace de son projet. Il faut croire, d'ailleurs, que s'il a été discuté, l'auteur n'a pas été le dernier à appuyer les plus violentes de ses motions. Ne nous dit-il pas, dans son opuscule sur les *Arbres de la Liberté,* publié en l'an II, que l'astronome anglais Halley « prostitua son génie en donnant à une constellation de l'hémisphère méridional le nom de *Chêne Royal,* comme autrefois Conon de Samos, en plaçant dans le ciel la chevelure de Bérénice »... » Mais, se hâte-t-il d'ajouter, bientôt l'astronomie, souillée de ces noms, doit se purifier au creuset révolutionnaire : tout ce qui est royal ne doit figurer que dans les archives des crimes. » Si les assertions de Grégoire sont vraies, leur réciproque ne doit pas l'être moins : apprenons donc de lui que ce n'est pas prostituer son génie que de flatter bassement les appétits anarchistes de la foule, et que tout ce qui est révolutionnaire ne doit figurer que dans les archives de la vertu !

Le bouleversement des noms des voies publiques de la capitale avait, à la fin de l'an II, pris des proportions assez importantes pour dérouter les étrangers et même ceux des habitants qui, par leur goût ou leur situation, se trouvaient peu au courant de cette métamorphose toute politique.

Dès 1792, nous voyons les voyageurs se plaindre de ces changements et les critiquer. Un Anglais, qui a gardé l'anonyme et dont, malgré mes investigations, je n'ai pu découvrir le nom, s'exprime ainsi dans le récit des événements dont il a été le témoin au lendemain du 10 Août.

« On se mit immédiatement à détruire et à effacer toute couronne et toute fleur de lis, ainsi que toute inscription dans laquelle se rencontraient les mots roi, reine, prince royal, ou autres expressions analogues. Les hôtels et les maisons meublées durent gratter et changer leur nom : l'hôtel du Prince de Galles dut s'appeler simplement l'hôtel de Galles et l'hôtel de Bourbon fut forcé de trouver une autre dénomination. Une enseigne *Au lis d'or* fut arrachée avec violence ; le jeu de billard lui-même n'est plus maintenant ni *noble* ni *royal*.

« Le Parc-Royal, le nouveau pont Louis XVI, la place des Victoires, la place Royale, la rue d'Artois, et bien d'autres voies publiques ont toutes reçues de nouveaux noms. Ajoutez à cela la division du royaume en 83 départements, division qui supprime les anciens et nobles noms de la Bourgogne, de la Champagne, de la Provence, du Languedoc, de la Navarre..., pour les remplacer par des noms tels que Ain, Aube, Aude, Cher, Creuse, Eure, Indre, Var..., qui sont ceux de rivières insignifiantes ; joignez encore à ces changements la nouvelle organisation de Paris en 48 sections, ainsi que l'abolition presque absolue de tous les titres, et vous aurez une idée de la difficulté qu'il y a maintenant pour un étranger à savoir quelque chose de la nouvelle géographie du royaume [1]... »

On avait bien publié dès le commencement de 1793 quelques plans sur lesquels on peut lire une partie des nouveaux noms imposés aux voies publiques ou aux monuments ; on en avait exclu les mots *Saint* et *Royal*. La plupart de ces plans, édités de 1793 à 1795, sont généralement informes ou incomplets et ne devaient constituer qu'un guide très insuffisant pour les étrangers [2] ; aussi un éditeur intelligent publia-t-il, dans le courant de 1794, un indicateur des rues de Paris contenant la plupart des nouveaux noms. Ce petit volume, très curieux, est devenu assez rare ; voici son titre exact, j'en reproduis à peu près la disposition typographique :

---

1. A Trip to Paris in july and august 1792. *(London, W. Lane, 1793, in-8°, 3 f. limin, 131 p. et 2 fig.)* — Pages 88-89. Cet ouvrage, malgré son peu d'étendue, est assez intéressant ; il doit avoir été écrit par un savant, peut-être par un médecin, et contient de curieux renseignements sur l'histoire de la guillotine. — Dans le passage cité ci-dessus, au lieu de le *Parc-Royal*, il faut sans doute lire le *Pont-Royal*. Les mots imprimés ici en italique sont en français dans la relation du voyageur anglais.

2. La Bibliothèque nationale et la Bibliothèque Carnavalet possèdent un assez grand nombre de ces plans, auxquels M. A. Bonnardot n'a consacré que quelques lignes dans ses « Etudes Archéologiques sur les anciens plans de Paris » (1851, in-4°), p. 221. Voyez aussi son « Appendice » (Paris, Champion, 1877, in-4°), p. 18.

ALMANACH

INDICATIF

DES RUES DE PARIS

Suivant leurs nouvelles dénominations.

Précédé de l'énumération des quarante-huit sections et de leurs
chefs-lieux ; d'une idée sommaire des différens comités, du Corps
législatif, des Bureaux du Pouvoir exécutif, des Autorités cons-
tituées, etc.

Prix, broché, avec le Plan de Paris, enluminé......... 3 tt
Sans le Plan .... 1 tt 10ˢ

A PARIS,

Chez JANET, rue Jacques, Nº 31.

L'AN IIIᵉ.

C'est un volume de format petit in-12, composé de LIV-168 pages,
plus le plan, qui est insignifiant, et huit feuillets non chiffrés contenant un calendrier pour l'an III et la liste des fêtes décadaires ;
dans le calendrier, les noms de saints sont remplacés — ·suivant la
loi — par des noms de légumes. Les LIV pages liminaires con-
tiennent une liste des quarante-huit sections et une sorte d'annuaire
administratif donnant des détails assez précis sur les établissements
publics, les ministères, les corps constitués, etc. ; les indications qui
y sont contenues sont précieuses et dignes d'attention, parce qu'elles
ne se trouvent pas d'une façon aussi complète dans l'Almanach
national.

Le volume débute par un avis au lecteur, dans lequel l'auteur
nous laisse voir clairement ses opinions :

« Ce n'est pas d'aujourd'hui seulement que tous les étrangers ou les habitants des autres départements de la République ont dit et répété plus
d'une fois, après un peu de séjour à Paris, que cette cité, digne rivale de
Rome et d'Athènes, dans leur plus grande splendeur, était effectivement
la première du monde entier.

« Elle l'est sans doute devenue par le choix qu'en a fait la Convention nationale pour le lieu de ses séances et la source d'où se répandront partout la lumière des Vertus et de la Raison, à l'aspect de laquelle le fanatisme et la tyrannie rentreront dans le néant, d'où ils n'auraient jamais dû sortir.

« Combien la postérité bénira les travaux de nos sages législateurs qui, du haut de leur montagne, auront désillé les yeux de tous les peuples... »

Après son dithyrambe en l'honneur de la Révolution, l'auteur nous présente son ouvrage dont, évidemment, le besoin se faisait sentir. Il nous explique que les rues de Paris forment un labyrinthe immense dans lequel il est difficile de se retrouver. Mais, nous dit-il :

« Une autre circonstance ajoute encore à l'embarras que produit cette multitude de routes, embrouillées et tortueuses pour la plupart..., c'est la mutation à laquelle ont été sujets une assez grande quantité de ces chemins publics dont les premiers noms, trop susceptibles de servir de monuments aux abus de l'Ancien Régime, ont fait place, comme de raison, à des appellations vraiment patriotiques et républicaines ; ce qui probablement continuera d'avoir lieu successivement à l'égard de tous les endroits publics desquels jusqu'à ce jour on n'a pas changé la dénomination...

« Le but de cet Almanach est principalement d'épargner à ses lecteurs les désagréments inévitables et renaissant à chaque pas, pour qui n'a pu se mettre au fait des différences que la Révolution (si glorieuse pour son berceau) n'a cessé d'occasionner depuis son origine, et qui, sans doute, naîtront encore d'elle, jusqu'à son entière perfection : c'est pour obvier aux inconvénients qu'engendrent ces mutations réitérées que cet ouvrage est composé. »

« Puissent les soins qu'on s'est donné pour ne rien laisser à désirer dans ce petit livre, dit l'auteur en terminant, lui valoir l'indulgence des bons républicains, pour lesquels il a spécialement été composé. »

L'Almanach des rues de Paris contient la liste des voies publiques de la capitale classées par ordre alphabétique. Les noms disparus ne figurent pas à leur place : ainsi on n'y trouve pas la rue de Richelieu, mais au mot *Loi,* on lit : « Rue de la Loi, ci-devant Richelieu. » Pour obvier à cet inconvénient, l'auteur a fait suivre son travail (page 157) de quatre *Tableaux* contenant l'indication des rues, des places, des quais et des édifices « qui ont changé de nom. » En voici la reproduction :

I. — TABLEAU DES RUES QUI ONT CHANGÉ DE NOM DEPUIS LA RÉVOLUTION

Noms anciens.	*Noms nouveaux.*
D'Angoulême...................	De l'Union.
Sainte-Anne....................	Helvétius.

Chaussée-d'Antin................	Du Mont-Blanc.
D'Artois........................	De Cérutti.
De Bourbon....................	De Lille.
Bourbon-le-Château............	De la Chaumière.
Du Petit-Bourbon (Saint-Sulpice)...	Du 31 mai.
Du Petit-Bourbon (Louvre)........	Du Petit-Muséum.
Bourbon-Villeneuve	Neuve-de-l'Egalité.
Du Gros-Caillou	De l'Université.
De Calonne ou de La Fayette (des Deux-Ecus)...................	Du Contrat-Social.
Honoré-Chevalier................	Honoré-Liberté.
Comtesse-d'Artois	Mont-Orgueil.
De Condé......................	De l'Egalité.
Des Cordeliers..................	De Marat.
Cour au Vilain, ou de Montmorency	De la Réunion.
Carrefour de la Croix-Rouge.......	Du Bonnet-Rouge.
Du Dauphin....................	De la Convention.
Dauphine	De Thionville.
Saint-Denis (rue et faubourg).......	De Franciade.
Du Roi-Doré	Dorée.
Fontaine-au-Roi.................	De la Fontaine.
Des Francs-Bourgeois............	Des Francs-Citoyens.
Guisarde.......................	Des Sans-Culottes.
De l'Hôpital-Saint-Louis.......	De l'Hospice-du-Nord.
Saint-Jacques (faubourg).........	De l'Observatoire.
Du Jardin-du-Roi................	Du Jardin-des-Plantes.
Saint-Laurent (faubourg).........	Du Faubourg-du-Nord.
Saint-Louis (quai des Orfèvres).....	Révolutionnaire.
Saint-Louis (en l'Ile)	De la Fraternité.
Louis-le-Grand	Des Piques.
Martin [sic] (faubourg)...........	Du Faubourg-du-Nord.
Michel-le-Comte................	Michel-Le-Pelletier.
Michodière (actuellement d'Hauteville).......................	D'Hauteville.
Montmartre (rue et faubourg ; rue des Fossés)	Mont-Marat.
Montmorency...................	De la Réunion.
Neuve-Notre-Dame	De la Raison.
De l'Observance.................	De l'Ami-du-Peuple.
Du Parc-Royal..................	Du Parc-National.
Platrière.......................	De J.-J.-Rousseau.
Des Fossés-M. le Prince.........	De la Liberté.
Princesse......................	Révolutionnaire.
De Richelieu...................	De la Loi.
Neuve-de-Richelieu (Sorbonne)....	Petite rue Chalier.
Neuve-Saint-Roch	De la Montagne.
Royale [actuellement de Birague]..	Nationale (ou du Parc-d'Artillerie).

3

Royale [actuellement Royale]...... De la Révolution.
Royale (Barrière-Blanche).......... De la République.
Royale [actuellement rue des Moulins] Des Moulins.
Du Roi-de-Sicile................. Des Droits-de-l'Homme.
Des Fossés-Saint-Victor........... De Loustalot.

II. — PLACES QUI ONT CHANGÉ DE NOM

Carrousel........................ De la Réunion.
Cimetière Saint-Jean............. Place des Droits-de-l'Homme.
Dauphine......................... De Thionville.
De Grève......................... De la Maison-Commune.
De Henry IV...................... Parc-d'Artillerie.
De Louis XV...................... De la Révolution.
Du Palais-Royal.................. De la Maison-Égalité.
Parvis-Notre-Dame................ Place de la Raison.
Royale........................... Des Fédérés ou Parc-d'Artillerie,
                                  [actuellement des Vosges].
Sorbonne......................... De Chalier.
Vendôme.......................... Des Piques.
Des Victoires.................... De la Victoire-Nationale.

III. — QUAIS QUI ONT CHANGÉ DE NOM

D'Anjou ou d'Alençon............. De l'Union.
Des Balcons ou Dauphin........... De la Liberté [Ile Saint-Louis].
De Bourbon....................... De la République.
De l'Horloge-du-Palais........... Du Nord.
Des Orfèvres..................... Du Midi.
D'Orléans........................ De l'Egalité.
Des Théatins .... De Voltaire.

IV. — EDIFICES QUI ONT CHANGÉ DE NOM

Bourbon (Palais de).............. Maison de la Révolution.
Charité (Hôpital de la).......... Hospice de l'Unité.
Consuls (Anciens Juges-)......... Tribunal de Commerce.
Saint-Denis (Porte-)............. Porte de Franciade.
Enfants-Trouvés (Hôpital des).... Maison des Enfants de la Patrie.
France (Collège royal de)........ Collège de France.
Geneviève (La N^{elle} Sainte-)........ Le Panthéon-Français.
Hotel-Dieu....................... Grand Hospice d'Humanité.
Jardin du Palais-Royal........... Jardin Egalité.
Jardin du Roi.................... Jardin des Plantes.
Invalides (Hôtel royal des)...... Hôtel national des Militaires inva-
                                  lides.

Saint-Louis (Hopital)............... Hospice du Nord.
Louis XVI (Pont de)............... De la Révolution.
Louis-le-Grand (Collège de)........ De l'Egalité.
Roi (Bibliothèque du).............. Bibliothèque Nationale.
Notre-Dame (Pont) .... De la Raison.
Pitié (Hopital de N.-D. de)......... Maison des Elèves de la Patrie.
Royal (Pont-)..................... National.

Les quatre tableaux dressés par l'auteur de l' « Almanach indicatif » sont loin d'être complets ; je n'ai rien voulu y ajouter [1] pour ne rien changer à la physionomie originale — je dirais presque, officielle — de ce document intéressant. C'est ainsi que je ne vois pas parmi les rues énumérées, la rue de *la Déclaration des Droits de l'Homme sur la Liberté de la Presse*, au n° 1015 [2] de laquelle se trouvait « l'imprimerie des Bonnes gens », ainsi que le constate le titre d'une brochure imprimée en 1794 et que j'ai sous les yeux.

Une place située dans la circonscription de la section de la Poissonnerie (je n'ai pu découvrir quelle est la section qui a porté transitoirement ce nom) était dénommée à la fin de 1793 *Place de J.-J. Rousseau*, ainsi que cela résulte d'un procès-verbal de plantation d'un arbre de la liberté, en date du 30 frimaire an II. Cette place ne figure pas dans le tableau ci-dessus.

Le jardin des Tuileries s'appelait le Jardin national ; l'Opéra, le Théâtre de Arts ; le Théâtre-Français (Odéon) avait pris le nom de Théâtre de la Nation ; rue de Richelieu, il porta celui de Théâtre de la République. Etc., etc.

Je suis forcé d'abréger ces remarques ; ces quelques exemples doivent suffire. Du reste, je l'ai dit et je le répète, la plupart des dénominations révolutionnaires, soit pour les voies publiques, soit pour les monuments, furent, à quelques exceptions près, de très peu de durée et exposées elles-mêmes à des changements rapides. Il est fort probable, et même presque certain, que la réaction de thermidor avait déjà rayé certaines d'entre elles au moment où l'auteur de notre almanach s'empressait de les recueillir.

---

1. J'ai seulement mis *entre crochets,* ainsi qu'on a pu le voir, quelques indications sommaires relatives à des voies publiques disparues ou peu connues, ainsi qu'à celles pour lesquelles il y a confusion pour cause d'homonymie.

2. Le numérotage était, rappelons-le, établi par sections. L'historique de ce système a été abordé par M. Auguste Vitu, dans son livre sur la *Maison mortuaire de Molière.* Il l'a parfaitement élucidé pour la rue de Richelieu et le quartier environnant.

A partir de ce moment, la rage de changement qui avait sévi jusqu'alors et anéanti tant de souvenirs de l'ancien Paris semble s'être absolument ralentie, et l'histoire de ces bouleversements insensés est bien près d'être finie. Je dois cependant mentionner encore le changement du nom de la place de la *Révolution,* qui prit celui de place de la *Concorde.* Ce changement a son importance historique et est l'œuvre de la Convention elle-même. Le décret dans lequel est comprise cette décision fut le dernier acte législatif de l'assemblée qui présidait aux destinées de la France depuis le 21 septembre 1792. Dans sa dernière séance (4 brumaire an IV — 26 octobre 1795), au cours de la discussion relative à une amnistie générale et à l'abolition de la peine de mort, on adopte un projet de décret ainsi conçu :

Article I. A dater du jour de la publication de la paix générale, la peine de mort sera abolie dans toute la République française.

Article II. La place de *la Révolution* portera désormais le nom de place de *la Concorde.* La rue qui conduit du boulevard à cette place portera (comme précédemment) le nom de *rue de la Révolution.*

Article III. La Convention abolit, à compter de ce jour, tout décret d'accusation ou d'arrestation... Etc [1]. »

Plus de deux ans se passent encore sans que l'administration municipale paraisse avoir pris des décisions importantes sur le sujet qui nous occupe : il nous faut aller jusqu'au commencement de 1798 pour trouver encore un fait intéressant.

« Le département de la Seine, lisons-nous dans le *Moniteur* du 20 nivôse an IV (9 janvier 1798), a arrêté, le 9 nivôse, que la rue Chantereine, dans laquelle se trouve la maison du vainqueur de l'Italie, sera désormais appelée *rue de la Victoire.* Les ordres ont été donnés pour que ce changement s'opère dans la nuit du 10 au 11 nivôse : ainsi désormais l'adresse de Bonaparte sera *rue de la Victoire* [2]. »

Le futur Consul franchissait alors le premier échelon de la gloire, et les municipaux parisiens lui tendaient la main sans défiance !

Elle n'était cependant pas très réactionnaire, l'administration municipale d'alors ! Nous devons nous étonner de ne pas la voir continuer, accentuer et perfectionner l'œuvre des vandales qui avaient déjà imposé tant de changements à la physionomie de notre vieux

---

1. *Moniteur* du 14 brumaire an IV — 5 novembre 1795. Réimpression (1840), tome XXVI, p. 348.

2. Réimpression de l'*Ancien Moniteur* (1840), tome XXIX, p. 118.

Paris. Cette administration avait, en effet, conservé ces ridicules errements, car le *Moniteur* du 28 floréal an VI (17 mai 1798) fait mention d'un arrêté du bureau de Paris, qui ordonne de substituer à l'enseigne *Bière de Mars* celle : *Bière de Germinal*. Ces écriteaux constituaient évidemment un grave péril pour la République.

C'est que le calendrier républicain — avec ou sans les noms de légumes ou d'instruments aratoires remplaçant les noms de saints — fut, parmi les plus ridicules inventions de la Révolution, une de celles qui persista davantage et que les formes secondaires de gouvernement qui se succédèrent alors cherchèrent à maintenir avec le plus de soin ; elle resta en vigueur pendant plus de treize ans : un décret de la Convention en date du 5 octobre 1793 avait fixé le commencement de l'ère nouvelle au 22 septembre 1792 ; un sénatus-consulte du 23 septembre 1805 décida qu'à partir du 1er janvier suivant, le calendrier grégorien serait remis en usage.

L'enfant chéri de la victoire — et de la République — donnait les derniers coups de grâce à la mère qui l'avait enfanté.

Mais revenons à notre sujet.

Pendant les deux dernières années du siècle, les dénominations adoptées dans l'usage habituel des habitants pour les rues de la capitale semblent assez incertaines. Si nous feuilletons l'almanach du commerce de l'an VI [1], nous y rencontrerons un grand nombre de rues sous leurs anciens noms, nous y trouverons même le qualificatif *saint*, que le rédacteur a cru devoir maintenir. On y rencontre pourtant en même temps les rues *Helvétius, Neuve-Egalité, des Droits-de-l'Homme,* etc. Dans l'almanach de l'an VII, les *saints* sont supprimés et la tendance à employer les dénominations révolutionnaires est beaucoup plus marquée, sans que cependant le principe soit absolu, car la *rue Cerutti* figure non loin de la *place Vendôme* et le cul-de-sac *Hyacinthe* non loin de la *rue Notre-Dame-des-Victoires*. Faut-il croire que le rédacteur de l'almanach du commerce avait mitigé son travail de façon à ménager la clientèle ?

---

1. Almanach du commerce de la ville de Paris pour l'an sixième de la République française, contenant les noms et demeures de tous les marchands de la ville... (*Paris, au bureau de l'Almanach et de « la Feuille des marchands », rue J.-J. Rousseau, Nos 12 et 351, in-8o*). Il était alors rédigé et publié par J. de La Tynna ; c'est la tête de collection du *Bottin*, dont il prit le nom en 1819, quand celui-ci continua l'œuvre, non interrompue jusqu'à nos jours, qu'avait commencée La Tynna.

Puisque j'ai à peu près suivi l'ordre chronologique dans ce travail, c'est ici le lieu de parler d'un projet qui rappelle celui déjà mis en avant, en 1791, par les habitués du café Procope. Le *Journal de Paris* du 4 pluviôse an VII (20 janvier 1799) nous a conservé un article d'un certain Zalkind Hourvitz, ancien interprète attaché à la Bibliothèque nationale. Lui aussi, mécontent de ce qui a été fait jusqu'alors, veut tout recommencer : ni le nom des rues, ni les enseignes ne trouvent grâce devant lui ; aux rues principales il voudrait donner le nom de grands Etats ; aux rues secondaires, ceux de leurs capitales, en se réglant sur la position respective de chaque quartier : c'est une réédition du projet géographique dont nous avons déjà parlé. Aux égouts, ajoute Hourvitz,

« Aux égouts on donnera les noms de Phalaris, de Denis, de Caligula, de Néron, et ceux des autres tyrans en couronne, en tiare et en bonnet rouge. Ces noms seront inscrits en couleur de sang [1]. »

Le projet de cet ingénieux Polonais était évidemment trop radical pour avoir des chances d'être adopté et, malgré le long plaidoyer qu'il publia en sa faveur, nous ne voyons point que son idée — au moins en ce qui concerne les égouts et les tyrans — ait été accueillie avec quelque faveur.

Il paraît, du reste, qu'il n'était pas facile de contenter tout le monde à cette époque. Un écrivain du temps, sans parti pris contre la Révolution, mais sans tendresse non plus pour elle, est loin d'être satisfait; deux ans après Hourvitz, il revient encore à la charge, mais ses idées sont moins avancées. Reprenant le projet géographique tant de fois remis sur le tapis, il se déclare l'adversaire du système de dénominations morales ou métaphysiques.

« En politique comme en morale, dit-il, il ne faut pas jouer avec les mots qui peignent des idées respectées de tous les peuples [2]. »

Jouer avec les mots, avec les noms ! Et qu'avait-on fait depuis dix ans ? Nous avons vu ce que les Révolutionnaires — je ne parle pas de la destruction des monuments qui pèsera à jamais sur leur mémoire — ont fait de la physionomie de nos vieilles rues de Paris;

---

1. Cf. un article signé *Bernadille* (Victor Fournel) dans *le Gaulois* du 13 mai 1885.
2. Paris à la fin du XVIIIᵉ siècle, ou Esquisse historique et morale des monuments et des ruines de cette capitale... par J.-B. Pujoulx. *(Paris, B. Mathé, an IX-1801, in-8º, pages 84.)*

nous les avons vus les défigurer et les affubler de noms dont la plupart étaient aussi sonores que ridicules : faut-il les montrer eux-mêmes sous le déguisement de surnoms pompeux et sonores ?

Le Prussien Jean-Baptiste Cloots se croyait un sage, parce qu'il avait pris le nom d'*Anacharsis ;* François-Noel Babeuf se croyait un grand politique, parce qu'il s'était donné celui de *Caius Gracchus;* l'immonde Chaumette, pour avoir pris le surnom d'*Anaxagoras,* n'en restera pas moins un type de l'immoralité la plus exécrable, et le savant Millin n'ajouta rien ni à sa science ni à sa philosophie en troquant ses prénoms contre celui d'*Eleuthérophile...*

Bref, ce n'est pas de ma faute si, dans cette modeste étude sur un des plus petits côtés de l'histoire de la Révolution, j'ai réveillé dans la mémoire du lecteur le souvenir d'un vers bien connu :

Sunt verba et voces, prœtereaque nihil!

Vincent Forest et Émile Grimaud, place du Commerce, 4.

REVUE DE LA RÉVOLUTION

Historique, Philosophique, Économique, Littéraire et Artistique.

La REVUE DE LA RÉVOLUTION paraît le 5 de chaque mois. Chaque numéro se compose de 100 à 120 pages in 8° grand raisin ; il contient, en outre, deux reproductions, par la photogravure, de gravures ou de documents.

PRIX DE L'ABONNEMENT :

	UN AN	SIX MOIS
France et Alsace-Lorraine....	30 fr.	16 fr.
Étranger (union postale).....	35 fr.	18 fr.
Étranger ne faisant pas partie de l'union, le prix de la poste en sus.		
Prix de la livraison vendue séparément...	3 fr.	

Tout ce qui concerne la rédaction de la REVUE DE LA RÉVOLUTION doit être adressé, *franco*, à M. Ch. d'Héricault, 5, place de Rennes, Paris, ou à M. Gustave Bord, rue de la Paix, Saint-Nazaire-sur-Loire.

Tout ce qui concerne l'administration de la *Revue* doit être adressé, *franco*, à M. A. Sauton, rue du Bac, 41, Paris.

On souscrit à Paris aux bureaux de la REVUE DE LA RÉVOLUTION, 41, rue du Bac.

La reproduction et la traduction des travaux de la REVUE DE LA RÉVOLUTION sont formellement interdites.

Nantes — Imp. Vincent Forest et Émile Grimaud, place du Commerce, 4

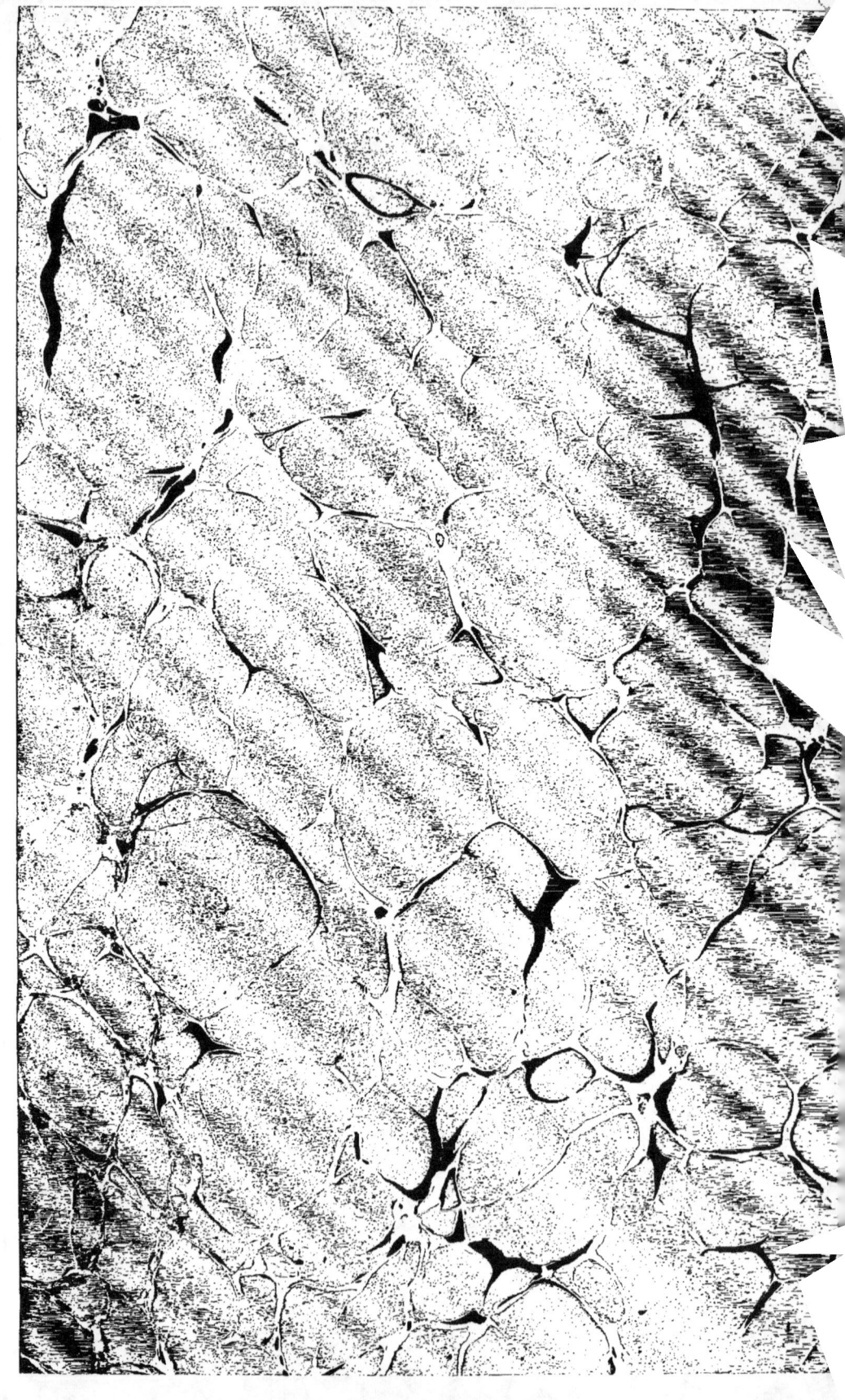

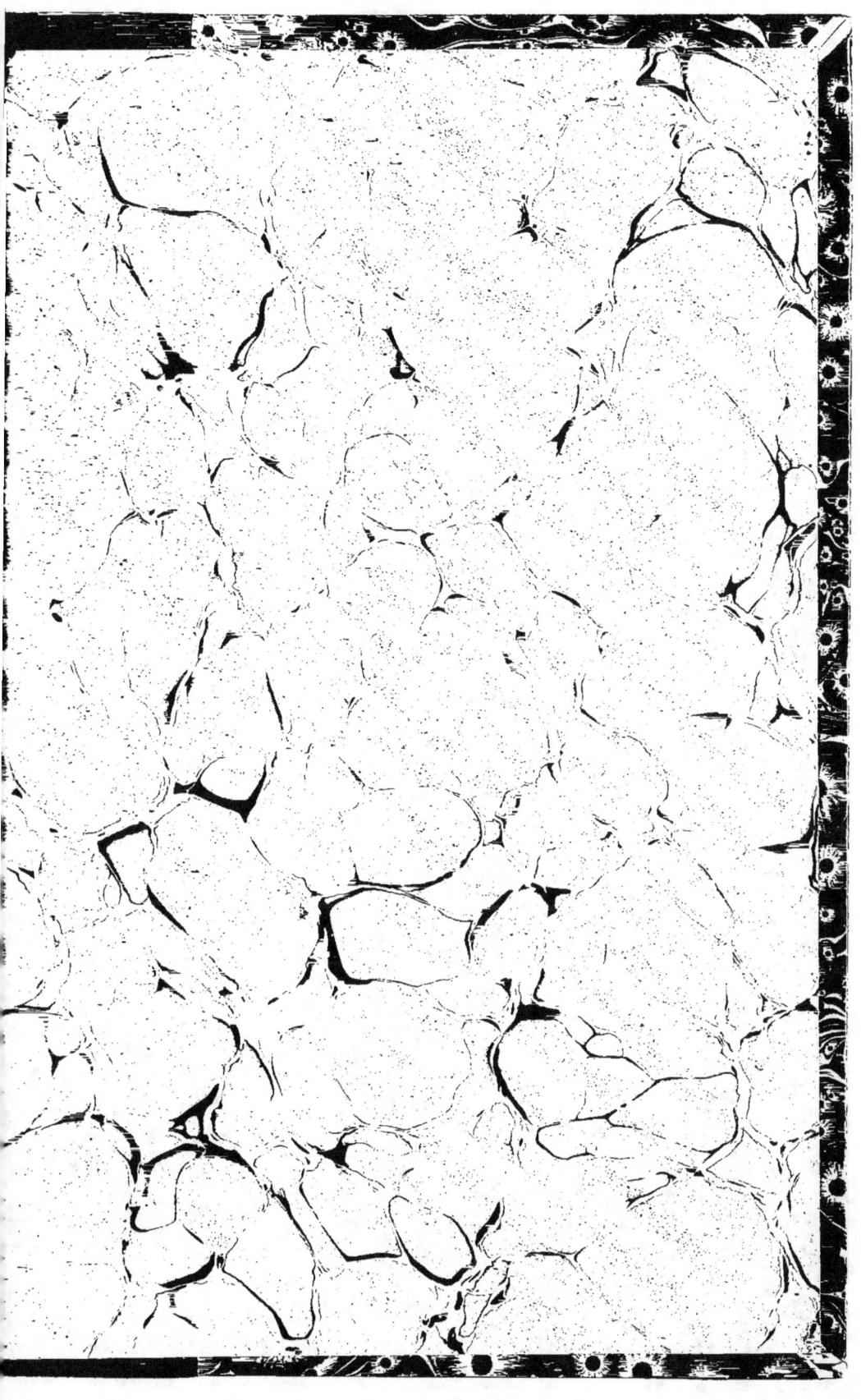

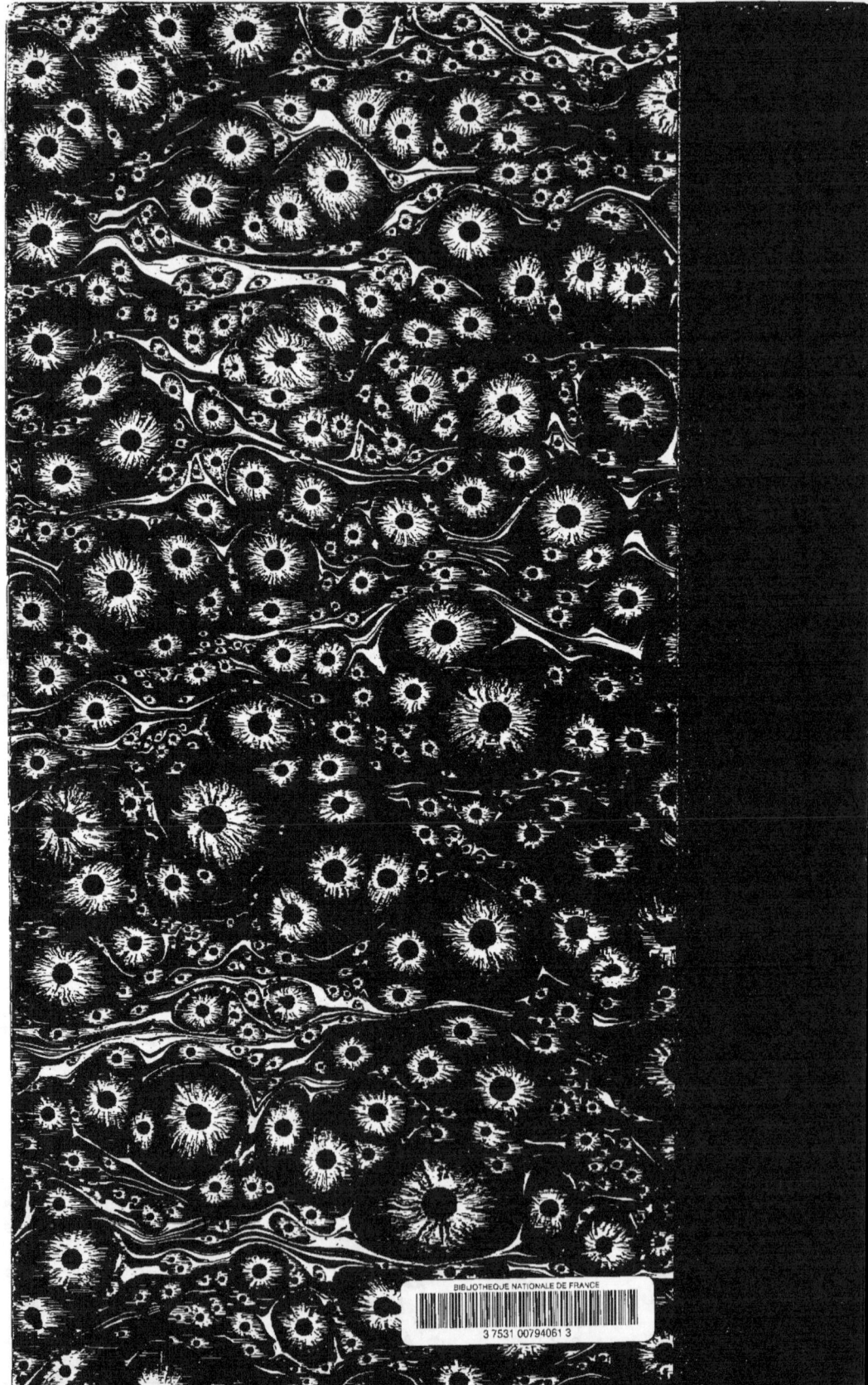